Evan Hunter

Zweimal ist einmal zuviel

Roman

Lichtenberg Verlag

Die amerikanische Originalausgabe ist unter dem Titel *Every Little Crook and Nanny* im Verlag Doubleday & Company, Inc., New York, erschienen. Die Übersetzung aus dem Amerikanischen besorgte Georgette Skalecki.

Alle Personen in diesem Buch sind erfunden und jede Ähnlichkeit mit Lebenden oder Toten ist rein zufällig.

Die Gedichte sind zitiert nach "Where and When", erschienen bei Rodgers & Hart, © 1937 by Chappell & Co., Inc. und mit Erlaubnis des Verlags abgedruckt.

Redaktion: Marita Gleiss
Korrekturen: Sabine Braun
Umschlaggestaltung: Dieter Vollendorf
Satz: Otto Gutfreund & Sohn, Darmstadt
Druck und Bindearbeiten: Salzer - Ueberreuter, Wien
Printed in Austria

ISBN 3-7852-1226-7

Für Vivian und Jack Farren

1. Benny Napkins

Es war August, Mittwoch und so herrliches Wetter wie noch nicht oft in diesem New Yorker Sommer. Der Tag erinnerte Benny Napkins an die gute alte Zeit in Chicago, damals in den sechziger Jahren, als er noch in der Müll- und Tischwäsche-Branche tätig war. Nicht an den Winter in Chicago, nein, denn der war, um die Wahrheit zu sagen, nie besonders angenehm gewesen – vor allem an den Tagen, an denen man sich an Seilen, die an den Bürogebäuden befestigt waren, entlanghangeln mußte, um nicht von der Michigan Avenue geweht zu werden. Diese steifen Brisen vermißte er wirklich nicht. Aber er erinnerte sich an Sommertage in Chicago, die einen Mann zum Dichten inspirierten – wenn ein mildes Lüftchen vom See hereinwehte, Gitarrenklänge in der Luft hingen, die Mädchen hüftenschwenkend promenierten. Aber wozu Erinnerungen nachhängen – vorbei war vorbei. Wenn man vergangenen Sommern nachtrauerte, konnte man nur allzu leicht einen so gottvollen Augusttag wie den heutigen hier in New York übersehen, an dem der Himmel die Farbe von Jeanette Kays Augen hatte und die Bäume in leuchtendem Smaragdgrün den Herbst erwarteten.

Er betrachtete die Bäume durch die Windschutzscheibe seines roten Volkswagens. »I think I shall never see«, rezitierte er im stillen, »a poem lovely as a tree.« Er trat das Gaspedal durch und schaute gleichzeitig in den Rückspiegel – an einem so schönen Tag war er nicht scharf darauf, wegen zu schnellen Fahrens von einer Motorradstreife angehalten zu werden. Allerdings war er auch an keinem anderen Tag im Jahr darauf erpicht, von jemandem gestoppt zu werden, der in irgendeiner Form das Gesetz vertrat – aber heute schon gar nicht. Nanny hatte angerufen und gesagt, es gäbe Schwierigkeiten.

»Was für Schwierigkeiten?« hatte er gefragt.

»Ernsthafte Schwierigkeiten«, hatte Nanny geantwortet.

»Ja – aber was für welche?«

»Das kann ich Ihnen am Telefon nicht sagen.«

»Wenn Sie es mir am Telefon nicht sagen können, warum haben Sie mich dann angerufen?«

»Um Sie zu bitten, sofort herzukommen.«

»Ich liege noch im Bett«, hatte Benny ihr eröffnet. »Es ist mitten in der Nacht.«

»Es ist halb zehn Uhr vormittags«, hatte Nanny ihn informiert.

»Jeanette Kay schläft noch. Gott ist mein Zeuge, Nanny – sie liegt hier neben mir und schläft fest.«

»Na und?«

»Ein Mann kann doch nicht einfach mitten in der Nacht aufstehen und verschwinden, ohne seiner Geliebten zu sagen, daß er weggeht.«

»Na, dann wecken Sie sie doch auf und sagen Sie es ihr«, hatte Nanny vorgeschlagen.

»Das möchte ich nicht – sie soll ausschlafen.«

»Dann hinterlassen Sie ihr eine Nachricht.«

»Die würde sie nicht lesen.«

»Warum nicht?«

»Sie liest nicht gern.«

»Dann schreiben Sie eben nur eine kurze Nachricht.«

»Auch kurze Sachen liest sie nicht gern.«

Eine Weile hatte am anderen Ende der Leitung Stille geherrscht, und dann hatte Nanny in dem gezierten Englisch, in dem sie sich immer ausdrückte, wenn sie jemanden daran erinnern wollte, daß sie erst vor zwei Jahren aus London gekommen war, gesagt: »Ich bin sicher, es wird Mr. Ganucci bei seiner Rückkehr sehr interessieren, zu erfahren, daß einer seiner Mitarbeiter sich geweigert hat, einem Hilferuf der Erzieherin seines Sohnes nachzukommen.«

Darauf hatte wieder sehr lange Stille geherrscht.

Und dann hatte Benny gesagt: »Ich ziehe mich an und komme gleich raus.«

»Ja, bitte tun sie das«, hatte Nanny geantwortet und den Hörer aufgelegt.

Es war inzwischen dreiviertelelf, was bedeutete, daß Benny in nur eineinviertel Stunden aus dem Bett gestiegen war, seinen schwarzen Seidenpyjama ausgezogen, geduscht, ein Glas Grapefruitsaft und eine Tasse Kaffee getrunken, seinen leichten Woll-Dacron-Anzug, dazu passende blaue Socken, eine gestreifte Krawatte, ein weißes Hemd und schwarze Schuhe angezogen hatte, die fünf Stockwerke von seinem Apartment in dem Haus Ecke Third Avenue und Twenty-fourth Street hinuntergerast, über die Straße gerannt war, wo er seinen Volkswagen in einer Garage stehen hatte, die einem gewissen Ralph Rimessa gehörte, den er noch aus seiner Chicagoer Zeit kannte, und der ihm demzufolge nur die halbe Platzmiete berechnete, und bis hierher gefahren war. Und »hier« war immerhin schon fast Larchmont – und das war ganz schön schnell für einen so großen Mann wie ihn.

Nicht, daß er tatsächlich groß gewesen wäre.

Er war auf den Millimeter genau einen Meter und einundsiebzigkommaachtundachtzig Zentimeter groß. Einmal hatte er einen Angestellten der Kraftfahrzeugzulassungsstelle zu überreden versucht, seine Größe in seinem Führerschein mit einszweiundsiebzig anzugeben, aber der gute Mann war einer von der besonders pingeligen Sorte gewesen und hatte darauf bestanden, alles ganz genau zu machen, obwohl Benny ihm ein wirklich eindrucksvolles Sümmchen in Aussicht gestellt hatte. Er konnte heute noch nicht verstehen, warum dieser alberne Kerl sich nicht hatte überzeugen lassen – was spielten ein paar lächerliche Zehntelmillimeter schon für eine Rolle, wenn es um vierzig Dollar ging! Aber es war bei einseinundsiebzigkommaachtundachtzig geblieben – und damit konnte man ihn beim besten Willen nicht als groß bezeichnen.

Naja – in der Taylor Street in Chicago, wo er aufgewachsen war, hätte man einseinundsiebzigkommaachtundachtzig vielleicht für groß gehalten: Die meisten Leute dort waren Einwanderer aus Neapel, die schließlich nicht gerade für ihre hochgewachsene Gestalt bekannt sind (ausgenommen vielleicht Sophia Loren, aber die war Bennys Meinung nach eine Rasse für sich). Aber er war auch als Kind nicht groß gewesen.

Die einzige Zeit, in der man ihn als groß bezeichnen konnte, war damals gewesen, als er in dreißig Tagen ebensoviele Pfunde zugenommen hatte, weil er in so vielen Restaurants das Essen probieren mußte – und selbst da war nur sein *Umfang* groß gewesen. In dieser herrlichen Zeit hatten ihn alle Fat Benny Napkins genannt. Natürlich nur hinter seinem Rücken. Bis er eines Abends gehört hatte, wie Andy Piselli den Namen herumkrakeelt hatte, und dann hatte der unglückliche Andy in Cicero einen Unfall, woraufhin alle Kumpels Benny Napkins wieder nur Benny Napkins nannten – oder sogar Ben Napkins, was noch würdevoller klang.

Er lächelte vor sich hin, genoß die Sonne und freute sich an dem Muster, das die Schatten der Blätter auf die Windschutzscheibe zeichneten. Er war froh, an diesem herrlichen Tag früher als sonst auf und unterwegs zu sein. An einem solchen

Tag konnte nur ein Undankbarer unglücklich sein. Er betete schnell ein »Gegrüßet seist du Maria« und faßte gleichzeitig alle Dinge zusammen, die ihn heute so glücklich machten: Er hatte eine nette Wohnung, die Jeanette Kay Pezza entgegenkommenderweise die meiste Zeit mit ihm teilte, außerdem ein Häuschen in Spotswood, New Jersey, wo er Mais anbaute, der so süß war, daß man davon Zahnschmerzen bekam. Er hatte einen 68er Volkswagen, an dem noch niemals eine Reparatur notwendig gewesen war und der sogar im tiefsten Winter sofort ansprang. Er hatte einen angenehmen Job, bei dem er viel unterwegs war, der nicht allzu viel seiner Zeit in Anspruch nahm und ihm ein ordentliches Einkommen sicherte. Und jetzt war er auf dem Weg nach Larchmont und freute sich an dem schönen Wetter und an der Fahrt nach Many Maples, wo er versuchen würde, Nanny zu helfen. Er fühlte sich sehr geschmeichelt, daß sie sich ausgerechnet an ihn gewandt hatte. Er hörte ihr immer gerne zu – sie war durch und durch eine Lady, und ihre Stimme mit dem vornehmen, englischen Akzent klang in seinen Ohren so lyrisch wie der Gesang einer Lerche.

»Der kleine Mistkerl ist verschwunden«, sagte Nanny.
Sie saßen im Wohnzimmer vor dem großen Marmorkamin. Ganoochs Uhrensammlung an der Wand, auf dem Kaminsims und zu beiden Seiten der offenen Feuerstelle, in der im Moment Blumentöpfe standen, tickte unaufhörlich und ließ die Sekunden explodieren wie Silvesterraketen. Es war kurz vor elf. Die Erzieherin trug ein schwarzes Kleid mit einem kleinen, weißen Kragen. Ihre schmalen Hände lagen ineinander verkrampft in ihrem Schoß. Ihr Gesicht drückte tiefste Verwirrung und panische Angst aus.
»Fangen wir doch mit dem Anfang an«, schlug Benny vor.

»Aber das *ist* der Anfang!«
»Mir kommt es eher wie das Ende vor. Wann haben Sie entdeckt...«
»Entschuldigen Sie – ich bin so durcheinander, ich weiß gar nicht, was ich...«
»Na, na, nur ruhig«, versuchte Benny sie zu besänftigen.
»Aber er ist verschwunden, und ich weiß nicht, was ich machen soll! Und deshalb habe ich Sie angerufen...«
»Ich weiß es natürlich zu schätzen, daß Sie so großes Vertrauen in mich...«
»... anstatt jemand Wichtigen«, fuhr Nanny fort. »Ich dachte, wenn ich jemand Wichtigen alarmierte, würde Mr. Ganucci vielleicht erfahren, was passiert ist.«
»Oh.«
»Also dachte ich, es wäre besser, jemanden anzurufen, der nur *kleine* Brötchen bäckt.«
»Ich verstehe.«
»Sie waren der Unwichtigste, der mir im Moment einfiel.«
Plötzlich schlugen alle Uhren im Wohnzimmer zur vollen Stunde, und Nanny zuckte zusammen, denn das Klingeln, Schlagen und Dröhnen füllte den Raum mit einem ohrenbetäubenden Lärm. Und da es elf Uhr war und der Krach eine Weile andauern würde, bevor sie ihr Gespräch fortsetzen konnten, benutzte Benny die Gelegenheit, um über das nachzudenken, was Nanny gerade zu ihm gesagt hatte. Ja, er mußte zugeben, er war wirklich nur ein ganz kleines Licht – verglichen mit einigen anderen jedenfalls, sogar verglichen mit den meisten anderen. Wenn Benny etwas an sich bewunderte, dann war es seine rückhaltlose Ehrlichkeit. Wobei ihn das Eingeständnis, unwichtig zu sein, nicht einmal große Überwindung kostete. In Chicago war er mal jemand gewesen, und seinen Abstieg führte er ausschließlich auf einen

kleinen Fehler zurück, der ihm 1966 unterlaufen war. Aber wer macht schließlich keine Fehler, dachte Benny. Gab es das überhaupt? Die Uhren schlugen so wild, als wollten sie gefüttert werden. Nanny hatte ihre empfindlichen Ohren mit den Händen bedeckt und wartete darauf, daß der Lärm aufhörte. Und das geschah – ebenso abrupt, wie es begonnen hatte.

»Verdammte Uhren!« schimpfte Nanny. »Als ob es auf der Welt nicht schon genug Krach gäbe!«

»Kommen wir auf Ihr Problem zurück«, meinte Benny. »Wann haben Sie entdeckt, daß er weg ist?«

»Heute morgen um acht. Ich ging in sein Zimmer, doch er war nicht dort.«

»Ist er denn sonst immer da?«

»In seinem Zimmer? Um acht Uhr früh? Natürlich!«

»Aber heute früh nicht.«

»Nein. Und er ist immer noch nicht da. Und auch sonst nirgendwo im Haus. Und auch nirgends auf dem Grundstück, soweit ich das beurteilen kann.«

»Vielleicht versteckt er sich oder so was«, meinte Benny.

»Das glaube ich nicht. Solche Spiele liegen ihm nicht – er ist ein ziemlich ernsthafter kleiner Bengel«

»Wie alt ist er denn überhaupt?« fragte Benny.

»Im letzten Monat zehn geworden.«

»Aha.«

»Sein Vater hat ihm eine Armbanduhr zum Geburtstag geschenkt.«

»So, so«, sagte Benny, der nicht neugierig erscheinen wollte. »Wenn Lewis ein bißchen frühreif ist, hat er vielleicht irgendwo eine kleine Freundin, die er besucht oder so was.«

»Hat er nicht«, sagte Nanny.

»Nein – vermutlich nicht.«

»Nein. Lewis ist verschwunden – schlicht und einfach verschwunden. Und wenn Mr. Ganucci das erfährt...«
»Aber, aber«, beruhigte Benny sie, »Ganooch ist in Italien – ich wüßte nicht, wie er das erfahren sollte. Und außerdem wird Lewis bestimmt jeden Moment auftauchen, und alle Ihre Sorgen werden sich in Nichts auflösen.«
»Ich hoffe es – ich bin schon halb verrückt vor Angst!«
»Einmal, als wir noch Kinder waren«, erzählte Benny, »war mein Bruder Angelo einen ganzen Tag lang verschwunden. Damals in Chicago.«
»Und wo war er?«
»Wer?«
»Ihr Bruder.«
»Angelo? In einer Mülltonne! Wie finden Sie das?« Benny lachte schallend und schlug sich vor Vergnügen auf die Schenkel. »Er hatte sich im Hinterhof in einer Mülltonne versteckt. Als er schließlich ins Haus zurückkam, stank er wie die Pest.«
»Aber er kam zurück.«
»Natürlich. Und Klein-Lewis wird auch zurückkommen. Sie wissen doch, wie Kinder sind – immer auf der Suche nach Abenteuern.«
»Lewis ist eigentlich nicht besonders abenteuerlustig veranlagt«, sagte Nanny.
»Trotzdem – wahrscheinlich hat er plötzlich beschlossen, einen Spaziergang zu machen oder so was. Das Grundstück hier ist doch sehr groß. Vielleicht ist er irgendwo im Wald und beobachtet Ameisen oder so was. Sie wissen doch, wie Kinder sind.«
»Ja – vielleicht«, meinte Nanny zweifelnd.
»Also, machen Sie sich keine Sorgen – es wird schon alles gut werden. Dürfte ich mal telefonieren?«

»Natürlich – in Mr. Ganuccis Arbeitszimmer steht ein Apparat.«
Sie erhob sich graziös, ging vor ihm durch das Wohnzimmer und durch die Halle. Auf der anderen Seite schob sie zwei schwere, holzgetäfelte Türen auf. Das Arbeitszimmer war dezent und geschmackvoll eingerichtet. In der Luft hing der Geruch von Leder und alten Büchern. Im Sonnenlicht, das durch das Fenster am Ende des Zimmers hereinflutete, tanzten Millionen Stäubchen.
»Das Telefon steht auf dem Schreibtisch«, informierte ihn Nanny. »Ich lasse Sie einen Augenblick allein – um elf kommt für gewöhnlich die Post.«
Sie zog die Türen hinter sich zu. Benny wanderte zu den Regalen hinüber, die eine ganze Wand bedeckten, und studierte Ganoochs Bücher, die samt und sonders handgeprägte Ledereinbände hatten. Schließlich riß er sich los und ging zum Schreibtisch. Er ließ sich in dem braunen Drehsessel nieder, dessen Lederkissen leise seufzend unter ihm zusammensank, griff nach dem Telefonhörer und wählte die Nummer seiner Wohnung in Manhattan. Beim dritten Klingeln nahm Jeanette Kay den Hörer ab.
»Hallo?« sagte sie.
»Hier ist Benny«, sagte er. »Hast du noch geschlafen?«
»Nein – ich bin schon vor einer Weile aufgestanden.«
»Hast du meine Nachricht gefunden?«
»Was für eine Nachricht?«
»Ich habe sie an die Kühlschranktür geklebt.«
»Hab' ich nicht gesehen.«
»Bist du denn schon am Kühlschrank gewesen?«
»Ich stehe direkt daneben«, sagte Jeanette Kay.
»Na und – siehst du den Zettel?«
»Ja – ich sehe ihn. Was hast du geschrieben?«

»Daß ich nach Larchmont fahre.«
»Aha. Und wann fährst du?«
»Ich bin schon da.«
»Wo?«
»In Larchmont.«
»Ach so. Ich dachte, du wolltest erst fahren.«
»Als ich die Nachricht für dich schrieb, war ich natürlich noch nicht hier.«
»Aha«, sagte Jeanette Kay. Sie überlegte einen Moment und sagte dann mißmutig: »Das ist der Grund, warum ich so ungern lese.«
»Wie dem auch sei – ich bin hier bald fertig. Aber ich muß dann noch nach Harlem – die Arbeit ruft. Ich komme also erst irgendwann nachmittags nach Hause.«
»Okay«, sagte Jeanette Kay. »Gehen wir heute abend aus?«
»Möchtest du gern?«
»Ich weiß nicht. Welcher Tag ist heute?«
»Mittwoch.«
»Mittwochs gibt's die ›Beverly Hillbillies‹.«
»Nein – die gibt's montags.«
»Mittwochs auch, glaub mir, Ben.«
»Also, wie ist es?«
»Mal sehen«, sagte sie. »Es sind sowieso alles Wiederholungen.«
»Okay – wir werden später darüber reden.«
»Bis dann«, sagte sie und hängte ein. Benny legte den Hörer auf die Gabel, genoß für einen letzten Moment den Komfort des Ledersessels, stand auf und ging mit schnellen Schritten auf die Schiebetüren zu. Als er in die Halle hinaustrat, kam Nanny gerade mit der Post herein. Ihre Hände zitterten.
»Was ist los?« fragte Benny.

Nanny gab ihm wortlos den ganzen Packen, und er sah ihn durch: eine Rechnung vom Elektrizitätswerk, eine weitere vom Diners' Club, eine dritte von »Lord & Taylors«, eine Postkarte mit einer schönen Aufnahme von Felsen im Meer...

Er drehte sie um und las:

»Liebe Nanny – wir sind also hier auf Capri gelandet, das, wie Sie sehen können, sehr hübsch ist. Mal eine Gelegenheit, ein bißchen italienisch zu sprechen (ha-ha!). Aber wir vermissen das Hochenglisch von zu Hause. Passen Sie gut auf Klein-Lewis auf! Wir sehen uns Ende des Monats wieder. Carmine und Stella Ganucci.«

Benny zuckte die Achseln. Es war eine freundliche und informative Karte. Abgesehen von dem Hinweis, daß die Ganuccis Ende des Monats zurückkämen – bis dahin war Klein-Lewis ganz bestimmt wieder aus seiner Mülltonne oder wo er sich sonst versteckt hatte, aufgetaucht – konnte Benny im Text nichts entdecken, das Nannys nervlichen Zustand gerechtfertigt hätte. Und dieser war desolat: Sie lehnte zitternd an der Haustür, hatte eine Hand auf den Mund gelegt und die Augen angstvoll aufgerissen. Benny sah auf den letzten Briefumschlag, den er in der Hand hielt. Merkwürdigerweise war weder eine Briefmarke noch eine Adresse darauf. Und er war auch nicht zugeklebt. Benny klappte den Umschlag auf, zog ein Blatt Papier heraus, faltete es auseinander und las, was in einzelnen, aus Zeitungen ausgeschnittenen Buchstaben, daraufgeklebt war:

»Wir haben Ihren Sohn. Wir werden ihn für nur 50000 Dollar zurückgeben. Beschaffen Sie das Geld sofort! Sie werden von uns hören.«

»Na, dann Prost«, sagte Benny.

2. Ganooch

In einer Seitenstraße in Neapel, die von einer kleinen Piazza abging, saß Carmine Ganucci mit zwei Männern in einem Straßencafé, die versuchten, ihm einen ziemlich komplizierten Geschäftsvorgang zu erklären. Einer der Männer hieß Guiseppe Ladruncolo, der andere Massimo Truffatore. Ladruncolo war um die sechzig und hatte einen Schnurrbart, dessen herunterhängende Enden er jedesmal mit dem Handrücken zurückstrich, wenn er einen Schluck Rotwein trank. Er trug einen Nadelstreifenanzug und ein weißes Hemd ohne Krawatte. Truffatore war bedeutend eleganter angezogen. Er war Anfang vierzig, Ladruncolos Neffe mütterlicherseits, und betrachtete sich als den bestangezogenen Mann von Neapel – wenn nicht von ganz Süditalien. (Er war noch nie in Sizilien.) Truffatore trug einen dunkelbraunen Kammgarnanzug, ein blaßgrünes Hemd, eine gelbe Krawatte, gelbe Socken mit grünem Muster und braunweiße Schuhe. Er hatte dunkelbraune Augen und schwarze Haare wie sein Onkel, aber er war glattrasiert – und sein Benehmen war äußerst korrekt: Er hob das Weinglas stets nur mit Daumen und Zeigefinger an die Lippen.
»Ich bin nicht sicher, ob ich die Sache verstanden habe«, sagte Ganucci. Er war ausgesprochen ungehalten darüber, daß er in seinem Urlaub nach Neapel hatte kommen müssen. Ladruncolo und Truffatore mochte er nicht besonders – aber Neapel verabscheute er! Sein Vater war hier geboren worden und hatte gottlob genügend gesunden Menschenverstand besessen, der Stadt im zarten Alter von vierzehn Jahren den Rükken zu kehren. Ladruncolo und Truffatore waren vor nun

schon einigen Jahren wegen diverser kleiner Machenschaften aus den Vereinigten Staaten ausgewiesen worden, aber das erklärte noch lange nicht, weshalb sie sich ausgerechnet in Neapel niedergelassen hatten, wo es doch weiß Gott genügend schöne Städte in Italien gab. In Ganuccis Augen waren sie damit zu Schwachköpfen abgestempelt. Und außerdem rochen sie schlecht.

»Es ist doch ganz einfach«, sagte Truffatore.

»Dann können Sie es mir ja sicherlich auch ganz einfach erklären«, sagte Ganucci sarkastisch.

»Wir haben zehntausendsechshundertfünfundsechzig versilberte Medaillons, von denen jedes etwa eine dreiachtel Unze* wiegt.«

»Schön«, sagte Ganucci. »Und was weiter?«

»Mit einem netten Bild der Jungfrau Maria drauf. Ihr Umhang ist aus blauem Email«, schwärmte Truffatore.

»Wie hübsch«, meinte Ganucci uninteressiert.

»Und wir wollen diese zehntausendsechshundertfünfundsechzig Medaillons verschiffen – an die New York Novelty & Souvenir Company mit Sitz am Broadway und in der Forty-seventh Street.«

»Na, dann verschiffen Sie sie doch«, sagte Ganucci. »Es ist absolut nichts Illegales daran, versilberte Medaillons an eine Souvenirfirma zu schicken – und außerdem ist der Zoll, mit dem solches Mistzeug belegt wird, bestimmt sehr niedrig. Das ganze ist vollkommen legal – warum stehlen Sie mir also meine Zeit?«

»Die Anhänger sind aus Gold«, eröffnete Ladruncolo ihm mit gesenkter Stimme.

»Sie sagten doch eben, sie seien versilbert.«

»Das sind sie auch – aber unter der Silberauflage ist Gold.«

* 11,7 Gramm (A. d. Ü.)

»Dann sieht die Sache natürlich ganz anders aus«, sagte Ganucci. »Wieviel sind diese zehntausendsechshundertfünfundsechzig Anhänger denn wert?«
»Der Goldkurs liegt augenblicklich bei fünfunddreißig Dollar pro Unze«, sagte Truffatore.
»Allerdings müßten wir in diesem Fall unter Preis verkaufen.«
»Natürlich«, nickte Ganucci. »Und wieviel sind sie nach der Diskontierung noch wert?«
»Wir rechnen damit, daß wir für die viertausend Unzen...«
»Ja, ja«, unterbrach Ganucci ihn ungeduldig.
»So um die neunundvierzig Millionen sechshunderttausend Lire.«
»In Dollar«, sagte Ganucci, »abgerundet.«
»Achtzigtausend.«
»Wo haben Sie das Gold her?« fragte Ganucci.
»Aus der ›Banco di Napoli‹. Im letzten Monat. Eigentlich wollten wir nur zwölftausend Dollar Bargeld holen, aber auf dem Boden des Tresorraumes lagen zehn Goldbarren herum, und die haben wir dann auch noch gleich mitgenommen.«
»Und eingeschmolzen«, sagte Ladruncolo.
»Und die Medaillons daraus machen lassen«, ergänzte Truffatore. »Und jetzt wollen wir sie nach New York schikken – als Bezahlung.«
»Wofür?«
»Für eine Schiffsladung künstlicher Perlen, die die New York Novelty & Souvenir Company für uns aus Japan geordert hat.«
»Das ist ein Haufen Geld für eine Ladung künstlicher Perlen«, fand Ganucci.
»Im Innern der Perlen sind dreieinhalb Kilo reines Heroin versteckt!«

»Und wo sind sie jetzt?«
»Sie kommen mit einem Schiff aus Tokio. Am Samstag.«
»Also«, sagte Ganucci, »wenn ich die Sache richtig verstanden habe, wollen Sie ein paar versilberte Medaillons mit dem Bild der Jungfrau Maria verschicken...«
»Vergessen Sie nicht den hübschen blauen Email-Umhang«, erinnerte ihn Truffatore.
»... in denen achtzigtausend Dollar in Gold versteckt sind, die Sie in Barrenform aus der Banco di Napoli mitgehen ließen und die Sie jetzt als Bezahlung für eine Ladung künstlicher Perlen verwenden wollen, die am kommenden Samstag mit einem Schiff aus Tokio hier eintrifft und die – genau genommen – aus dreieinhalb Kilo reinem Heroin besteht.«
»Genauso ist es«, nickte Ladruncolo.
»Und was wollen Sie von mir?« fragte Ganucci.
»Sie in das Geschäft reinnehmen.«
»Warum?«
»Die New York Novelty & Souvenir Company ist im Augenblick etwas knapp bei Kasse und kann nicht warten, bis die Medaillons eintreffen. Man ist bereit, die Perlen zu diskontieren, aber sie wollen Bargeld – andernfalls werden sie die Ladung nicht freigeben, wenn sie hier ankommt.«
»Wieviel Bargeld?«
»Zweiundsechzigtausend Dollar.«
»Das ist eine Menge Geld«, sagte Ganucci.
»Ja – aber als Gegenleistung werden wir die Medaillons nicht an die New York Novelty & Souvenir Company schicken, sondern an Sie. Sie investieren also zweiundsechzig und bekommen bei Eintreffen der Ladung in New York achtzig zurück. Soviel Zinsen kriegen Sie im Kreditgeschäft doch nie!«
»O doch«, widersprach Ganucci. »Welcher Tag ist heute?«

»Mittwoch.«
»Und Sie brauchen die zweiundsechzig am Samstag.«
»Eine solche Summe können Sie doch jederzeit locker machen.«
»In New York schon.«
»Das Gold ist sehr leicht zu verkaufen«, sagte Truffatore. »Man braucht nur die Silberauflage zu entfernen, die Anhänger einzuschmelzen und schon kann man das Zeug überall im Land loswerden. Kein Mensch kann jemals feststellen, daß die Ware heiß war.«
»Das stimmt«, nickte Ganucci.
»Und Ihr Gewinn beträgt achtzehntausend Dollar.«
Ganucci zögerte noch immer. »Ja, schon – ich weiß nur nicht, wie ich das Geld so schnell herkriegen soll. Schließlich bin ich hier in Italien.«
»Al Capone hat seine Geschäfte von Alcatraz aus erledigt.«
»Es gibt nicht mehr viele Al Capones«, sagte Ganucci und senkte respektvoll den Blick.
»Das ist wahr«, stimmte Ladruncolo zu, »aber Sie haben auch einen ganz beachtlichen Ruf.«
»Zweiundsechzigtausend Dollar«, sinnierte Ganucci und schüttelte sorgenvoll den Kopf.
»Ich habe gehört, daß Sie schon einiges in Broadway-Shows investiert haben«, sagte Truffatore. »Diese Sache ist sicherer als der Erfolg einer Broadway-Show.«
»Ich habe wirklich in eine oder zwei Broadway-Shows Geld gesteckt«, gab Ganucci zu, »aber nur, weil meine Frau Stella früher mal im Show-Geschäft war und immer noch ein Faible dafür hat.«
»Also – wie sieht's aus?« fragte Truffatore.
»Ich denke, daß ich das Geld unter Umständen bis Samstag früh beschaffen kann.«

»Ausgezeichnet. Dann ...«
»Vorausgesetzt ...« fuhr Ganucci fort.
Truffatore sah Ladruncolo an.
»Vorausgesetzt was?« fragte Ladruncolo.
»... der Rabatt wird erhöht.«
»Um wieviel?«
»Sie erwähnten doch vorhin, daß Sie bei Ihrem Besuch in der Banco di Napoli auch zwölftausend in bar mitgenommen haben – ziehen Sie die von den zweiundsechzig ab, und wir sind im Geschäft.«
»Das Geld ist doch längst nicht mehr da.«
»Wann war der Banküberfall doch gleich?«
»Letzten Monat.«
»Dann ist das Geld noch heiß und demzufolge auch noch da«, sagte Ganucci. »Ich übergebe Ihnen Samstag früh fünfzigtausend Dollar als Gegenleistung für die Medaillons, deren Wert Sie mir mit achtzigtausend garantieren. Und ich meine *garantieren!* Ich brauche Ihnen wohl nicht zu sagen, was passiert, wenn sich herausstellen sollte, daß die Anhänger nur versilbert sind!«
»Keine Sorge – sie sind aus massivem Gold.«
»Also – ja oder nein?« fragte Ganucci.
»Sie verlangen einen zu hohen Gewinn«, protestierte Truffatore.
»Ja oder nein?« wiederholte Ganucci. »Gilt der Handel?«
»Der Handel gilt«, sagte Ladruncolo düster.
»Der Handel gilt«, bekräftigte Truffatore deprimiert.

Stella Ganucci liebte die Sonne.
Sie führte das darauf zurück, daß sie während ihrer Zeit im Showbusiness die Sonne meiden mußte. Stella war eine hochgewachsene Frau von einem Meter zweiundsiebzig, mit

blonden Haaren, blauen Augen und einem blassen Teint. Und damals in Miami war ihr immer wieder gesagt worden, daß das Publikum keine Darbietungen von Damen schätze, die durch die Sonne krebsrot seien. Das war damals. Sie hatte vorgeschlagen, sich von Kopf bis Fuß einzupudern – was sie ohnehin immer tat – aber das Verbot war nicht aufgehoben worden. Keine Sonne für Stella!
Einmal hatte sie Mr. Padrone, der den Club in der Collins Avenue leitete, gefragt: »Mr. Padrone, warum darf die Sonne keine Sonne haben und ein Stern keinen Stern?« und Mr. Padrone hatte gesagt: »Wovon zum Teufel sprechen Sie überhaupt?« und damit war die Diskussion beendet. Stella hatte genau gewußt, wovon sie sprach – sie wußte immer genau, wovon sie sprach. Sie hatte von *stella* gesprochen, was Stern bedeutet, und Stern bedeutet Sonne, und es schien ihr entsetzlich unfair und unbarmherzig, daß es keine Sonne für die Sonne, keinen Stern für einen Stern geben sollte. Das hatte sie gemeint – und das war doch sonnenklar.
Jetzt lag sie genußvoll am Swimmingpool des Hotels Quisisana auf Capri in der Nachmittagssonne und fragte sich, weshalb die Menschen sie nie verstünden. Ihrer Meinung nach drückte sie sich stets vollkommen verständlich aus – außer hier natürlich, denn sie sprach kein einziges Wort Italienisch. Wobei »hier« allerdings auch nicht ganz richtig war, denn am Pool tummelten sich ausschließlich Amerikaner, und die einzigen, die Italienisch sprachen, waren die Bademeister, die Pikkolos und die Kellner – und Carmine hätte seine Frau umgebracht, wenn sie an einen von diesen das Wort gerichtet hätte. Carmine war in dieser Hinsicht sehr eigen. Aber er verstand sie wenigstens. Jedenfalls meistens.
Dafür verstand sie ihren Carmine nicht, allerdings nur in einem Punkt: Sie hatte von Anfang an nicht eingesehen, wes-

halb ein achtjähriger Junge ein Kindermädchen brauchte.
»Damit er etwas lernt«, hatte Carmine erklärt.
»Und was?«
»Lebensart beispielsweise.«
»Lebensart kann ich ihm auch beibringen.«
»Das weiß ich«, hatte Carmine eingeräumt, »aber kannst du ihm auch *englische* Lebensart beibringen?«
»Lebensart ist Lebensart«, sagte Stella.
»Sie ist eine gute Erzieherin«, meinte Carmine. »Versuchen wir's doch mal mit ihr.«
Und so war Nanny vor zwei Jahren ins Haus gekommen und hatte ein Zimmer bezogen, das früher einmal ein großer Lagerraum gewesen war – im zweiten Stock, in dem auch Carmines Dunkelkammer lag. Um die Wahrheit zu sagen – Stella hatte seit Nannys Kommen keine große Veränderung an Lewis feststellen können. In ihren Augen benahm er sich wie eh und je. Sie mußte zwar zugeben, daß Nanny dem Haushalt mit ihrem vornehmen Auftreten und ihrer gewählten Sprechweise eine neue Note verlieh, aber es war auch eine ganz schöne Zumutung, sie die ganze Zeit im Haus zu haben und nicht mal »Scheiße« sagen zu können, wenn einem gerade danach war. Stella benutzte zwar nur sehr selten Kraftausdrücke – Carmine hätte sie umgebracht, wenn er sie dabei erwischt hätte – aber gelegentlich gebrauchte sie schon mal ein schmutziges Wort, wenn sie sich allein glaubte. Doch seit Nanny da war, fühlte sich Stella ständig beobachtet.
Auch am Pool des Quisisana war sie fast nie allein, aber das störte sie nicht sonderlich – vor allem, da sie nicht im Traum daran gedacht hätte, in der Öffentlichkeit einen Kraftausdruck zu gebrauchen.
»Ist Ihr Mann mit dem Hubschrauber nach Neapel geflogen?« fragte Marcia Leavitt.

Marcia trug einen Bikini, den sie eine Woche zuvor in St. Tropez erstanden hatte. Sie war eine kleine, schlanke Brünette mit winzigen Brüsten. Sie hätte in Miami nie eine Chance gehabt, dachte Stella und sagte: »Ja, er hat den Hubschrauber genommen.«

»Mag er diese Stadt?« fragte Marcia.

»Nein«, antwortete Stella, »das kann man nicht gerade sagen.«

»Ich hasse diese Stadt«, verkündete Marcia.

»Ich glaube, Carmine mag sie auch nicht besonders«, sagte Stella.

»Ich kenne keine Stadt auf der Welt, die ich so sehr verabscheue«, erklärte Marcia inbrünstig.

»Mein Mann mag sie auch nicht.«

»Ich finde diese Stadt widerlich«, ereiferte sich Marcia. »Neapel sehen und sterben – an dem Sprichwort ist was dran: es kann einen wirklich umbringen.«

»Mein Mann ...«

»Ich verabscheue diese Stadt einfach«, schüttelte sich Marcia. »Was findet Ihr Mann nur so anziehend an dieser verdammten Stadt? Hat er geschäftlich dort zu tun?«

»Nein – er hat sich aus dem Geschäftsleben zurückgezogen«, antwortete Stella.

»Oh! In welcher Branche war er denn?«

»Limonade. Er ist ein Limonadenfabrikant im Ruhestand.«

»Ach wirklich? Meinen Sie, daß ich das Getränk kenne, das er hergestellt hat?«

»Ich glaube kaum – es wurde nur im Mittelwesten verkauft.«

»Es ist doch nicht etwa Pepsi-Cola oder so was?«

»Nein.«

»Oder Coca-Cola?«
»Nein.«
»Wo im Mittelwesten?«
»Hauptsächlich in Chicago.«
»Ich kenne Chicago nicht besonders gut«, sagte Marcia und rollte sich auf den Bauch. Sie löste die Bänder ihres Bikinioberteils, schloß die Augen und stieß einen tiefen Seufzer aus: »Ich bin aus Los Angeles.«
Stella antwortete nicht. In Los Angeles war sie einmal in demselben Programm aufgetreten wie Sandy Rowles, die damals mit einem Typen namens Dan Birraio zusammenlebte, der früher in Chicago Carmines Partner gewesen war, als die beiden noch Bier hergestellt hatten. Soviel Stella wußte, hatten sie sehr gutes Bier gebraut, was wirklich sehr nett von ihnen war, denn sie hätten es nicht nötig gehabt. Aber Carmine glaubte fest an den Wert von Qualität – wie hoch die Kosten auch sein mochten, er bestand darauf, daß nur bester Hopfen und bestes Malz verwendet wurden. Sandy hatte ihr einmal erzählt, daß Birraio im Bett eine Waffe trug. Als Stella dies Carmine berichtete, mit dem sie damals noch nicht verheiratet war, sagte er: »Der Kerl hat keine Manieren.« Was durchaus stimmte. In all den Jahren, die sie nun schon mit Carmine zusammen war, hatte er im Bett niemals eine Waffe getragen. Doch – ein einziges Mal. Aber das hatte einen besonderen Grund gehabt: Sie hatten befürchtet, daß es nach der Hochzeit seiner Schwester Ärger mit den Jungs aus Brooklyn geben würde. Und die Waffe war nur ein ganz winziges Ding gewesen, das er über dem Sockenhalter an seinem Bein befestigt hatte – und er hatte auch nur vergessen, sie abzunehmen, weil er auf Theresas Hochzeit zuviel getrunken hatte, als bekannt geworden war, daß die Jungs aus Brooklyn einen traurigen Unfall hatten: Jemand hatte eine Bombe in einen Süß-

warenladen geworfen – gerade als sie in diesem Laden waren.

Sie vermißte Klein-Lewis.

Der Duft von Sonnenöl stieg von Marcias Rücken auf, gedämpfte Stimmen trieben über das glitzernde Wasser des Pools, italienische Sprachfetzen flogen zwischen Pikkolos und Kellnern hin und her, Besteck klimperte, ein Jet dröhnte über ihren Kopf hinweg – und plötzlich vermißte Stella ihren zehnjährigen Sohn mit einer Verzweiflung, die sie nicht mehr empfunden hatte, seit sie im alten Triboro-Theater in der 125th Street zum erstenmal auf die Bühne getreten war: ein sechzehnjähriges, überschlankes Mädchen mit schon damals eindrucksvollen Brüsten. Auf ein Zeichen war das Licht ausgegangen, und sie hatte entdeckt, daß ihr Lendenschurz nicht fluoreszierte, wie der Manager es ihr versprochen hatte, und so konnte niemand ihre aufsehenerregenden Verrenkungen sehen. Carmine hatte dem Manager einige Tage später ein Dutzend Rosen ins Krankenhaus gebracht, in dem dieser sich von dem schrecklichen Sturz vom Balkon im zweiten Stock erholte.

Sie vermißte ihren Sohn wirklich sehr.

Vielleicht konnte sie Carmine dazu überreden, den Urlaub abzubrechen und mit ihr nach Hause zu fliegen.

Vielleicht morgen...

3. Luther

Luther Patterson hatte die Angewohnheit, häufig laut mit sich selbst zu sprechen, aber das lag nur daran, daß seine Frau Ida so ein schweigsames Wesen war – und seine Frau war schweigsam, weil sie nie genau wußte, ob Luther gerade sie oder Simon oder Levin ansprach. Luthers Bewunderung für Simon und Levin kannte keine Grenzen, und fast alle seine Monologe waren an einen der beiden oder an beide gemeinsam gerichtet. Die meiste Zeit seines Tages verbrachte Luther damit, entweder eine einseitige Unterhaltung mit Simon und Levin zu führen oder sich vorzustellen, wie einer der beiden auf eine Situation reagieren würde, der Luther sich gerade gegenübersah.

Simon und Levin waren nicht etwa Sänger. (Ab und zu, wenn Luther ausgesprochen musikalisch zumute war, richtete er sein Wort auch mal an Simon und Garfunkel, aber die waren doch etwas ganz anderes.) Simon und Levin waren nicht mehr und nicht weniger als die größten Literaturkritiker aller Zeiten in den Vereinigten Staaten von Amerika.

Wenn es zwei Dinge gab, die Luther Patterson sich in seinem Leben wünschte, dann war es, entweder wie Simon oder wie Levin zu sein. Wann immer er über die einzigartige Kombination von Miesepetrigkeit und Stil nachdachte, die diesen beiden Männern eigen war, kam er sich absolut stümperhaft vor, empfand jedoch nicht den geringsten Neid. Einige Monate zuvor hatte er zwei getrennte Sammelbände angelegt – der eine trug die Aufschrift »Die gesammelten Werke von John Simon« und der andere »Die gesammelten Werke von Martin Levin«. Er studierte das zusammengetragene Material

immer wieder stundenlang, in der Hoffnung, die einzigartige Arbeit dieser beiden Genies zu absorbieren. Gelegentlich spielte er mit dem bizarren Gedanken, beide Männer könnten ein und dieselbe Person sein. Waren sie zum Beispiel jemals gemeinsam in einer Fernsehshow aufgetreten? Wenn Martin Levin nicht tatsächlich John Simons zweites Ich war – oder umgekehrt –, wie war es dann möglich, daß ihre Kritiken genau das gleiche Niveau und den gleichen Stil hatten?
»Sagen Sie mir, John Simon – sind Sie in Wirklichkeit Martin Levin?« rief Luther laut.
Ida, die in diesem Fall ausnahmsweise einmal genau wußte, daß sie nicht gemeint war, antwortete nicht.
»Ich dachte mir schon, daß es nicht stimmt«, sagte Luther. »Das wäre ja so, als behaupte man, Shakespeare und Marlowe seien ein und dieselbe Person. Warum können die Menschen nicht einsehen, daß es durchaus möglich ist, daß zwei literarische Phänomene Zeitgenossen sein und in der gleichen schönen und einfühlsamen Weise auf die gleiche Umgebung reagieren können, ohne daß einer der andere ist oder umgekehrt? Ich frage Sie, Martin Levin.«
Mein Gott, wenn ich doch nur schreiben könnte wie sie, dachte Luther, ging zu seinem Bücherregal, nahm »Die gesammelten Werke von Martin Levin« zur Hand und blätterte sie – auf der Suche nach einer Anregung für seine eigenen kritischen Machwerke – durch. Formulierungen wie »enttäuschend langweilig« sprangen ihm ins Auge und »stellte seinen Helden widerlich dar, ohne ihn interessant zu machen«. Wundervoll, einfach wundervoll! Oder: »Der Roman schleppt sich durchgehend langweilig dahin.« O Gott, wäre er doch auch in der Lage, die Worte derart genial zu setzen! In einem regelrechten Begeisterungstaumel nahm Luther auch noch »Die gesammelten Werke von John Simon« aus dem

Regal und begann an einer beliebigen Stelle laut zu lesen – es spielte keine Rolle, welche Stelle er herausgriff, es war ihm stets der Genuß reiner Kreativität gewiß. Er las laut:
»Unsere jugendlichen Rebellen sollen sich hüten: Soziale und politische Hingabe ohne Hingabe an Verständlichkeit und Poesie wird wenig für die Welt bewirken – wird sie nur in eine riesige Diskothek verwandeln, die allen freisteht und sie gleichzeitig alle brutalisiert.«
Die Worte stiegen zu der hohen Decke von Luthers Wohnzimmer hinauf. Berauscht stellte er die beiden gehüteten Sammelbände ins Regal zurück und ging in die Küche, wo Ida das Mittagessen vorbereitete. Er hob den Deckel des Topfes hoch, der auf der hinteren Herdplatte stand, nahm einen Probierlöffel, schaute zur Decke hinauf und sagte: »John Simon, ist Ihnen bekannt, daß ich den Doktor für Vergleichende Literaturwissenschaft an der Universität Princeton gemacht habe? Wissen Sie das, John? Und wissen Sie auch, daß ich als drittbester, mit summa cum laude, abgeschlossen habe? John, mein Lieber, eines Tages müssen wir einen Drink miteinander nehmen – natürlich erst, wenn ich kassiert habe und alles vorüber ist. Wir werden im Salon meiner Jacht sitzen und literarische Bonmots austauschen. Wie ich das genießen werde! Oh, wie ich das genießen werde!« Er tat den Deckel wieder auf den Topf, legte den Löffel auf den Herd, wandte sich an seine Frau und sagte – schließlich war er Kritiker: »Die Suppe ist abscheulich!« Sprach's und ging zurück ins Wohnzimmer.
Luther besaß bei Gott nicht viel, aber er hatte eine riesige Bibliothek. Der einzige Grund, warum er diese Wohnung im zehnten Stock in der West End Avenue genommen hatte, war – abgesehen von der niedrigen Miete – die Tatsache, daß sie ein Wohnzimmer von der Länge einer Bowlingbahn hatte,

deren eine Längswand nun vom Boden bis zur Decke mit Regalen bedeckt war, die Hunderte und aber Hunderte von Büchern enthielten, die Luther samt und sonders sorgsam gelesen und kritisch beurteilt hatte. Luther bekam die Bücher gratis. Und er wurde dafür bezahlt, daß er sie beurteilte. Er las nicht besonders gern – aber wer tat das schon? In diesem einen Punkt beneidete er seinen Kollegen Simon wahrhaftig – die Bezeichnung »Kollege« wagte er allerdings nur zu flüstern, als stelle er seinen Namen ungeheuerlicherweise mit dem von George Bernard Shaw oder William Jennings Bryan auf eine Stufe. Simon beurteilte nicht nur Bücher, er hatte auch Gelegenheit, kostenlos eine Menge Theaterstücke und Filme zu sehen, bevor er seine sorgfältig überlegte Meinung dazu kundtat. Und das war ein sehr angenehmer Aspekt dieses Berufes, fand Luther. *Simons* Berufes wohlgemerkt – nicht seines! Luther beurteilte nur Bücher. Ausschließlich Bücher. Für unwichtige und teils sogar obskure Verlage. Immerzu nur Bücher. Die einzige Möglichkeit für ihn, kostenlos ein Theaterstück zu sehen, war, im letzten Augenblick vor Ende der Pause in den Zuschauerraum zu schlüpfen und einen leeren Platz zu finden. Aber das tat er nie, wenn er Ida dabei hatte – Ida verabscheute Unehrlichkeit in jeder Form. Deshalb war sie auch nicht gerade begeistert davon, daß er Lewis Ganucci gekidnappt hatte.
Luther saß in seinem Wohnzimmer mit der hohen Decke und den vielen Büchern, dessen Fenster auf die West End Avenue hinausgingen, und fragte sich, wie es dem Ganucci-Jungen wohl gehen mochte. Er hatte den Sohn des ehemaligen Softdrink-Magnaten in einem nach hinten hinaus liegenden Zimmer eingeschlossen, wo etwaige Hilferufe höchstens von der glatten Ziegelwand des Nachbarhauses registriert werden würden. Dann war er mit seinem 63er Chevrolet nach

Larchmont zurückgefahren und hatte die Lösegeldforderung in Carmine Ganuccis Briefkasten geworfen. Als er den Briefumschlag in den Kasten gleiten ließ, hatte ihn jäh Erregung erfaßt – er hatte etwas Großes geleistet! Allerdings war er nicht so aufgeregt gewesen wie vorher, als er den Erpresserbrief zusammengestellt hatte, und auch nicht so aufgeregt wie letzte Nacht, als er in das Haus des Millionärs eingestiegen war und den Jungen geholt hatte. Das waren wirklich aufregende Augenblicke gewesen!

»Es war wirklich aufregend, Martin«, sagte er laut. »Vraiment émouvant, wenn Sie verstehen, was ich meine.«

In Wirklichkeit – und das mußte er zugeben, denn wenn er etwas an sich bewunderte, dann seine rückhaltlose Ehrlichkeit – waren das Grundstück und das Haus der Ganuccis das Aufregendste an dem ganzen Abenteuer gewesen. Er hatte noch nie ein derart geschmacklos eingerichtetes Haus gesehen – aber was konnte man schließlich von einem Mann erwarten, der sein Vermögen damit gemacht hatte, Limonade in Flaschen abzufüllen und in den Mittelwesten zu verkaufen! Jedem das seine, sicherlich – aber dieses Geschäft hatte ganz bestimmt keinen schöpferischen Aspekt, und es hätte Luther eigentlich gar nicht überraschen dürfen, daß das Ganucci-Haus sich als barocke Monstrosität erwies, die über hügeligen Rasenflächen thronte.

Aber das Erstaunliche an seiner Reaktion auf das häßliche alte Haus war, daß ihn der Luxus buchstäblich überwältigte. Der schwere Duft von Geld, der in der Luft hing, betäubte ihn fast. Und sein Zustand wurde noch durch das Bewußtsein verstärkt, daß ein Teil des immensen Reichtums, den er hier vor sich sah, bald in seine Hände übergehen würde. Bevor er sich an den Dutzenden von Ahornbäumen vorbei, die wie blättrige Wachtposten (sehr schön formuliert, Luther, lobte er sich) auf dem Rasen vor Ganuccis Horrorhaus standen, zum Zimmer des Jungen geschlichen hatte, hatte er nicht mehr als zehntausend Dollar verlangen wollen, aber auf dem Rückweg nach Manhattan hatte der Duft, der Geruch, ja der Gestank der Millionen, die jemand damit verdient hatte, daß er Zuckerwasser in Flaschen füllte, während ein schöpferischer Mensch wie er sich für das bloße Existenzminimum abschuften mußte, derartig penetrant in seiner Nase gehangen, daß er beschlossen hatte, die Forderung auf zwanzigtausend zu erhöhen – die wochenlangen, sorgfältigen Recherchen mußten schließlich angemessen honoriert werden! Aber je länger er darüber nachdachte, wie ungerecht es doch im Leben zuging, um so lächerlicher kamen ihm zwanzigtausend Dollar vor. Als der fertige Erpresserbrief schließlich vor ihm lag, hatte er ihn insgesamt dreimal neu geklebt – und die endgültige Lösegeldforderung lautete auf fünfzigtausend Dollar!

Sein Vorgehen war – gelinde ausgedrückt – unorthodox gewesen. Zunächst hatte er nach einem Besitz Ausschau gehalten, der den Eindruck machte, als wohnten dort Leute, die sich als Opfer eigneten. (Nun ja – *Opfer* war vielleicht ein zu hartes Wort. Es war ihm bis zu diesem Augenblick nie in den Sinn gekommen, und er verbannte es auch sofort wieder aus seinen Gedanken. Er hatte nicht die Absicht, dem Jungen etwas anzutun – er erwartete nun eine angemessene Entschädigung für seine Mühen.) *Many Maples* hatte er ganz durch Zufall entdeckt. Er hatte eine Esso-Straßenkarte genommen, New York zum Mittelpunkt gewählt und einen Kreis mit einem Radius von fünfundzwanzig Meilen gezogen. Er hatte sich alles Mögliche angesehen, aber *Many Maples* schien perfekt. Und seine diskreten Nachforschungen in der Stadt, in den Geschäften und Tankstellen, den Restaurants und Bars,

Boutiquen und Herrenmodengeschäften hatten ihm die Information gebracht, daß Carmine Ganucci einer der reichsten Männer der Gemeinde war, ein geachtetes Mitglied des Elternbeirats und der Chef des *Lions Club Ambulance Corps*. Aber was Luther am meisten interessierte, war die Tatsache, daß Carmine Ganucci einen zehnjährigen Sohn namens Lewis hatte.

Als nächstes (vielleicht nicht sofort, aber irgendwann nach dem Mittagessen – falls er die Suppe überlebte) mußte er bei den Ganuccis anrufen und fragen, ob sie das Geld schon beschafft hätten. Und dann würde er sagen, daß er sich später wieder melden und mitteilen würde, wo die Geldübergabe stattfinden sollte.

Luther war zufrieden mit sich.

»Ich glaube, ich werde mir einen Drink genehmigen. John, Martin, was meint ihr dazu?« fragte er laut. Er ging zur Hausbar, die sich gegenüber der Bücherwand befand, und mixte sich einen starken Martini. So wie er die Sache sah – und dies war der Anlaß für seine Hochstimmung – war er, wenn es ihm schon nicht vergönnt war, ein so erfolgreicher Kritiker wie Simon oder Levin zu sein, doch wenigstens ein erfolgreicher Kidnapper.

Und das war fast genauso gut.

4. Die Korsischen Brüder

Es war fast drei Uhr nachmittags, als Benny endlich in der Forty-second Street ankam. Er war um zwölf von Many Maples abgefahren und dann nach Harlem, wo er mehr Zeit als geplant zubrachte, weil ein Mann darauf beharrte, er habe gestern fünfzig Cents auf Nummer 311 gesetzt und das sei auch die Nummer, die gekommen sei, wohingegen Benny die Aussage des Kassierers hatte, daß 307 und nicht 311 gekommen sei – ein verständliches Mißverständnis, denn schließlich war der Schlachtruf aller Würfelspieler bekannterweise »seven-eleven«.
Die Wette war von Walter Anziano plaziert worden, einem netten alten Mann in den Siebzigern, der schon Zahlenlotto spielte, seit er vor dreiundfünfzig Jahren aus Palermo nach Amerika gekommen war – mit fünfzig Cents Einsatz an jedem Tag der Woche. Und er hatte in all der Zeit nur ein einziges Mal gewonnen: die überwältigende Summe von dreihundert Dollar!
Benny hatte keine Lust, einen Stammkunden wie Walter Anziano zu verlieren, also sagte er dem alten Mann, es habe offensichtlich ein Mißverständnis gegeben – die Überprüfung des gestrigen Tages habe einen Abschnitt mit der Handschrift des Kassierers zutage gefördert, auf dem die Ziffern 307-50 standen, was besage, daß fünfzig Cents auf 307 gesetzt worden seien und nicht auf 311. Benny erklärte dem alten Mann, er könne ihn zwar nicht auszahlen, sei aber bereit, ihm für die kommende Woche jeden Tag ein Gratisspiel in Höhe von fünfzig Cents einzuräumen, um seinen guten Willen zu beweisen – und den seiner Kollegen. Der alte Mann akzeptierte

das Angebot grollend – aber erst, nachdem ihm in einer nahegelegenen Bar vier Whisky spendiert worden waren. Der Fall Anziano hatte Benny fast den ganzen Nachmittag gekostet – und Klein-Lewis befand sich in der Hand von ein paar Irren! Nach Bennys Ansicht mußten es Irre sein – wer sonst wäre auf die Idee gekommen, Carmine Ganuccis Sohn zu entführen?

Er war mit Nanny einer Meinung, daß die Sache auf keinen Fall Ganooch zu Ohren kommen durfte – es war schönes Badewetter, und es schwamm sich nicht gut mit einem Zementblock um den Hals. Und damit Ganooch nichts erfuhr, mußte man dafür sorgen, daß keines der höheren Tiere aus seinem Mitarbeiterstab von der Entführung Wind bekam. Und je eher Klein-Lewis wieder zu Hause war, um so geringer war die Gefahr, daß etwas durchsickerte. Da gab's nur eins: das Lösegeld unverzüglich zu bezahlen! Und aus diesem Grund wollte Benny unbedingt mit den Korsischen Brüdern sprechen.

Als Benny sie endlich auftrieb, waren Vinny und Alfred gerade dabei, mit ihrer erstaunlichen Tanzpuppen-Show zu beginnen. Alfred, der jüngere der Zwillinge, deren Altersunterschied vierzehn Stunden betrug, blinzelte ihm zu und stürzte sich dann in seinen Monolog, der die Einleitung zu einem choreographischen Meisterwerk darstellte.

»Meine Damen und Herren«, begann er, »ich weiß, Sie haben es alle eilig, nach einem harten Arbeitstag zu Ihren Lieben nach Hause zu kommen, aber wenn Sie mir eine Minute Ihrer kostbaren Zeit schenken, kann ich Ihnen etwas Wundervolles zeigen, das Sie Ihrer Frau oder den Kinderchen mitbringen können. Ich habe hier in dieser Schachtel, die Sie zu meinen Füßen sehen, eine begrenzte Anzahl faszinierender Tanzpuppen, die pro Stück nur fünfzig Cents kosten, die aber –

und da werden Sie mir ganz sicher zustimmen, wenn Sie die Vorführung gesehen haben – gut und gern das Zehnfache wert sind. Es sind keine mechanischen Vorrichtungen an diesen Puppen, sie sind einfach gefaltet und passen in jede Tasche oder Handtasche – und sie werden Ihre Lieben, Ihre Freunde, Nachbarn und alle, die diese bemerkenswerte Darbietung sehen, bestimmt begeistern. Wenn Sie mir noch einen Moment Ihrer Zeit schenken, werde ich eine der faszinierenden Tanzpuppen aus dem Karton nehmen und Ihnen zeigen, was sie kann.«

Die Bühne, auf der die Korsischen Brüder arbeiteten, bestand aus einem Stück Bürgersteig von etwa einem Meter zwanzig Länge und neunzig Zentimetern Breite. Den Hintergrund bildete eine vom Ruß der Jahrhunderte geschwärzte Ziegelmauer. Das Publikum – Touristen, Einkäufer und Kinofans, die von der Fünfundzwanzig-Cents-Peepshow kamen, die man weiter unten an der Straße zeigte, alles in allem etwa zwei Dutzend Leute – sah zu, wie Alfred in die Schachtel griff. Benny stand etwas abseits der Menge auf der linken Seite und schaute ebenfalls zu. Rechts vom Publikum – an der Ziegelmauer – stand Vinny, der Starvorführer der Tanzpuppen-Veranstaltung, dessen Aufgabe es erforderte, keinerlei Aufmerksamkeit zu erregen. Er hatte die Hände in den Taschen und mimte ebenfalls den interessierten Zuschauer.

»Nun, meine Herrschaften, diese Puppe sieht für Sie vielleicht wie eine ganz gewöhnliche Puppe aus Pappe und dünnem Papier aus«, wandte sich Alfred wieder an das Publikum, »und wie Sie sehen, ist der Kopf tatsächlich aus Pappe, ebenso wie die Hände und Füße, wogegen die Arme und Beine aus ganz dünnem, in Ziehharmonikafalten gelegtem Papier bestehen, und Sie werden sich fragen, wie die Puppe das alles tun kann, was sie gleich tun wird. Und das ist das Faszinierende an dieser Puppe: Diese Puppe, die vom Scheitel bis zu den Fußspitzen nur vierzig Zentimeter mißt, kann tanzen. Ich kann sie tanzen lassen, Sie können sie tanzen lassen, und sie wird Stunden um Stunden tanzen, ohne aufgezogen oder aufgeladen werden zu müssen, denn sie arbeitet nicht mit Batterien – das wäre ja auch schlecht möglich, da sie doch nur aus Pappe und Papier besteht. Und deshalb können auch keine mechanischen Teile kaputt gehen oder abbrechen. Die Puppe ist aus Papier und Pappe, das ist alles – aber das Papier ist so präpariert, daß es Ionen aus der Luft anzieht, die wir alle atmen. Und wenn die Ionen in diesen zarten Papierbeinchen gespeichert sind, kann die phantastische Tanzpuppe die Beine kaum noch still halten, und dann fängt sie an zu tanzen – Stunden und Stunden. Ich werde Ihnen in einer Minute vorführen, wie diese kleine Puppe tanzt, aber vorher möchte ich noch erklären, daß der Grund, warum wir sie zu einem so niedrigen Preis verkaufen können, darin besteht, daß sie nur aus diesem dünnen Papier und Pappe gemacht ist, und die Ionen in der Luft nichts kosten – und wie Sie wissen, ist ja die Energiequelle immer das teuerste. Aber nicht bei dieser phantastischen Tanzpuppe. Und jetzt werde ich sie Ihnen vorführen.«

Alfred nahm die Puppe an ihrem Pappkopf und beugte sich so weit vor, daß die Pappfüße am Ende der Ziehharmonikabeine fast den Boden berührten. Und dann schüttelte er die Puppe heftig. Und dann noch einmal – noch heftiger.

»Ich sammle Ionen«, erklärte er.

Er schüttelte die Puppe noch einmal.

»Man muß sie nur ein-, zwei-, manchmal auch dreimal schütteln – das hängt von den Wetterverhältnissen ab – und schon ist genügend Energie gespeichert, um die Puppe in Bewegung zu setzen. Und jetzt schauen Sie her!«

Er ließ den Kopf der Puppe los – und sie begann zu tanzen! Ohne Hilfe Alfreds, der einen Schritt zurücktrat, hüpfte sie auf ihren Ziehharmonikabeinen auf und ab, als tanze sie vor Freude, daß sie mit diesen herrlichen, lebensspendenden Ionen geladen worden war, die die Atemluft enthielt. Was die Zuschauer vor dem Hintergrund der rußgeschwärzten Mauer nicht sehen konnten, war der dünne, schwarze Faden, der vom Rand des Kartons bis zu der Stelle lief, an der Vinny stand. Dort verschwand er in Vinnys rechter Hosentasche, wo er um den Zeigefinger geschlungen war. Sobald Vinny mit seinem Zeigefinger wackelte, wackelte auch der Faden und ließ die Puppe tanzen – denn als Alfred die Puppe geschüttelt hatte, um angeblich die Ionen anzulocken, hatte er in Wahrheit das andere Ende des schwarzen Fadens an einem winzigen Haken am Hinterkopf der Puppe befestigt. Während die Menge mit staunenden Augen das Schauspiel betrachtete, hob Alfred die Puppe hoch und sagte: »Wer kauft als erster, meine Damen und Herren? Sie kosten nur fünfzig Cents pro Stück. Wer kauft die erste? Der Vorrat ist begrenzt.«
Ein Miesmacher unter den Zuschauern (einen Miesmacher gibt es doch immer, sinnierte Benny) stellte die typische Miesmacherfrage:
»Woher sollen wir wissen, daß alle Puppen tanzen können und nicht nur die eine?«
»Sie können alle tanzen«, antwortete Alfred. »Denn alle sind in gleicher Weise präpariert. Würde bitte einer von Ihnen so freundlich sein, in den Karton zu greifen und eine x-beliebige Puppe aus dem Vorrat herauszuholen? Es ist nichts Spezielles an dieser Puppe, glauben Sie mir. Sie sind alle genau gleich – alle genau gleich faszinierend. Madam, würden Sie uns vielleicht den Gefallen tun?« fragte er eine alte Frau, die wie die Frau eines Pfarrers aussah, aber durchaus auch eine Prostitu-

ierte in Ruhestand sein konnte. Alfred war das egal – er kannte sie nicht, und außerdem war seine Versicherung, alle Puppen seien genau gleich, durchaus ehrlich. Die alte Dame griff in die Schachtel und hob vorsichtig eine Puppe heraus.
»Jetzt schütteln Sie sie bitte für mich, wie ich es mit der anderen Puppe gemacht habe«, bat Alfred.
Die alte Dame schüttelte die Puppe.
»Noch einmal, bitte – ein bißchen stärker. Danke schön. Und jetzt, Sir«, wandte er sich an den Miesmacher, »darf ich Sie bitten, sie ebenfalls ein paarmal zu schütteln. Sie gestatten, Madam?« Er nahm der alten Dame die Puppe aus der Hand und gab sie dem Meckerkopf. Der studierte die Konstruktion mit der Gründlichkeit eines Uhrmachers, schüttelte sie zweimal kräftig und gab sie dann Alfred zurück, der sich tief verbeugte, lächelte und sagte: »Zur Sicherheit wollen wir sie noch ein paarmal schütteln.« Sprach's und befestigte mit geübtem Handgriff den schwarzen Faden am Hinterkopf der Puppe. Dann ließ er die Puppe los – und siehe da: sie tanzte und hüpfte, als ob sie es bezahlt bekäme. Jetzt war auch der größte Zweifler überzeugt. Der gesunde Menschenverstand warnte zwar davor, zu glauben, daß eine Puppe aus Pappe und Papier die Gesetze der Schwerkraft in derartiger Weise außer Kraft setzen konnte, aber eine alte Dame und ein mißtrauischer Zuschauer, beides durchaus ehrenwerte Leute, hatten die Puppe geschüttelt und dann Alfred zurückgegeben, der sie lediglich nochmals geschüttelt und dann auf ihre Füße gestellt hatte, worauf sie sofort zu tanzen angefangen hatte. Dollarnoten erschienen in ausgestreckten Händen. Alfred war eifrig damit beschäftigt, Wechselgeld herauszugeben und Puppen zu verteilen, während Vinnys Zeigefinger dafür sorgte, daß die Vorführpuppe weitertanzte. In weniger als fünf Minuten hatte Alfred vierzehn Puppen verkauft, was

einen Reingewinn von fast genau sieben Dollar bedeutete. Er wäre sicherlich noch mal so viele losgeworden, denn die Zuschauermenge war beträchtlich angewachsen, aber plötzlich stieß Vinny einen leisen Pfiff aus, was soviel hieß wie: »Achtung, Bulle in Sicht!« Alfred unterbrach die Vortänzerin mitten in einer der komplizierteren Passagen, warf sie in die Schachtel, sagte »Auf Wiedersehen, meine Herrschaften, und vielen Dank!« und folgte eilends seinem Bruder, dem in der Hast des Aufbruchs der schwarze Baumwollfaden abgerissen war, der nun als einziger Beweis seiner »Mitarbeit« auf dem Bürgersteig lag.

»Ihr werdet von Mal zu Mal besser«, lobte Benny die beiden zehn Minuten später in einer Cafeteria Ecke Forty-sixth Street und Eighth Avenue.
»Vielen Dank«, sagte Alfred und senkte schüchtern den Blick.
»Vielen Dank«, echote Vinny.
»Wirklich bemerkenswert«, sagte Benny. »Und noch bemerkenswerter ist, daß niemandem etwas auffällt.«
»Wie meinen Sie das?« fragte Alfred.
»Ich meine, daß es mich wundert, daß die Zuschauer nicht erkennen, daß ihr irgendwie miteinander verwandt sein müßt.«
»Warum sollten sie?« fragte Vinny.
»Weil ihr einander so ähnlich seht.«
»Ach so«, sagte Alfred.
»Weil ihr doch Zwillinge seid, meine ich.«
»Ach so«, sagte Vinny.
»Eineiige Zwillinge«, betonte Benny.
»Wissen Sie«, sagte Alfred, »wir betrachten uns nicht als Zwillinge.«

»Nein?«

»Nein«, sagte Vinny. »Zwischen unseren Geburten lagen vierzehn Stunden.«

»Da kann man doch kaum von Zwillingen sprechen«, sagte Alfred.

»Höchstens von einem medizinischen Wunder«, sagte Vinny.

»Ich dachte, ihr seid Zwillinge«, sagte Benny.

»Millie, die Hebamme, war nicht dieser Ansicht«, berichtete Vinny. »Sie hielt ihre Arbeit für erledigt. Und meine Mutter auch. Nachdem sie mich zur Welt gebracht hatte, ging Millie ins Kino. Das war um sieben Uhr abends. Sie sah sich ›Where the sidewalks end‹ an – mit Dana Andrews und Gene Tierney in den Hauptrollen.«

»Das war ein sehr guter Film«, sagte Benny.

»Ja«, nickte Vinny, »ich habe ihn erst letzte Woche im Fernsehen gesehen.«

»Jeanette Kay hat ihn sich auch angeschaut.«

»Wie geht's Jeanette Kay?« fragte Vinny.

»Danke, gut.«

»Wie dem auch sei – am nächsten Morgen rief meine Mutter bei Millie an und sagte, sie fühle sich so merkwürdig. ›Inwiefern?‹ fragte Millie. Und meine Mutter sagte, sie habe das Gefühl, als sei immer noch jemand drin und strample. Millie machte sich sofort auf den Weg, und als sie bei meiner Mutter ankam, machten sie sofort den Malocchio-Test. Wissen Sie, was *malocchio* bedeutet?«

»Ja – das ist der Böse Blick«, sagte Benny.

»Genau«, bestätigte Vinny. »Millie ließ also ein paar Tropfen Öl in eine Schüssel mit Wasser fallen. Wenn das Öl sich in kleine, nahe beieinander liegende Tropfen teilte, die wie Augen aussahen, dann bedeutete das, daß irgend jemand meine

Mutter mit dem Bösen Blick belegt hatte – womit möglicherweise erklärt gewesen wäre, weshalb sie das Gefühl hatte, daß noch jemand in ihrem Bauch strampelte, nachdem ich bereits geboren war.«

»Aber es hatte nichts mit *malocchio* zu tun«, warf Alfred ein.

»Stimmt. Das Öl lag auf dem Wasser wie eine große, goldene Münze – kein einziges *Auge* hatte sich abgesondert. Also sagte Millie zu meiner Mutter: ›Na, Fanny, dann wollen wir doch noch mal nachschauen.‹ Und so entdeckte sie Alfred.«

»Mich«, sagte Alfred.

»Ein medizinisches Wunder«, sagte Vinny.

»Aber keine Zwillinge«, sagte Alfred.

»Woher wollt ihr so sicher wissen, daß ihr keine Zwillinge seid?« fragte Benny.

»Wenn wir Zwillinge wären, würde man uns dann *Die korsischen Brüder* nennen? Man würde uns doch bestimmt *Die Korsischen Zwillinge* nennen, oder?«

»Aber die Korsischen Brüder waren doch Zwillinge!«

»Das stimmt«, nickte Vinny. »Aber wir sind keine. Wir sind noch nicht einmal aus Korsika. Kein einziges Mitglied unserer Familie ist aus Korsika. Das ganze ist ein völliges Rätsel.«

»So wie ich die Sache sehe«, sagte Alfred, »ist meine Mutter zweimal befruchtet worden.«

»Wahrscheinlich beide Male von meinem Vater«, mutmaßte Vinny.

»Aber in einem Abstand von vierzehn Stunden«, sagte Alfred.

»Das wäre eine Erklärung«, gab Benny zu.

»Es ist ganz sicher so gewesen«, sagte Alfred.

»Sie sehen also – von *diesem* Gesichtspunkt aus ist nichts Bemerkenswertes an unserer Vorstellung. Die Leute akzeptieren uns als das, was wir sind. Oberflächliche, äußere Ähnlichkeiten bedeuten doch nichts, wenn sie zwei völlig verschiedene Persönlichkeiten betreffen. Wir sind sehr verschieden, Ben.«

»Davon bin ich überzeugt.«

»Und in vieler Hinsicht doch wieder sehr ähnlich.«

»Aber verschieden«, sagte Alfred.

»Verschieden, aber gleich«, sagte Vinny.

»Natürlich gleich, aber verschieden«, sagte Alfred.

»Zum Beispiel«, erklärte Vinny, »rede ich zwar hier mit Ihnen eine ganze Menge, bin aber zu schüchtern, um vor Publikum zu sprechen. Das kann jedoch Alfred hervorragend, wie Sie vielleicht bemerkt haben.«

»Ja – das habe ich bemerkt«, bestätigte Benny.

»Und«, fuhr Vinny fort, »ich kann keinen geraden Strich zeichnen, wogegen Alfred künstlerisch sehr talentiert ist.«

»Genau aus diesem Grund wollte ich euch sprechen«, hakte Benny ein.

»Aus welchem?« fragte Alfred.

»Ich brauche fünfzigtausend Dollar in Blüten.«

»Aus dem Geschäft habe ich mich zurückgezogen«, erklärte Alfred.

»Tatsächlich?« staunte Benny. »Warum denn das?«

»Das werde ich Ihnen sagen: Ich fing mit Zehn-Dollar-Noten an, aber die Jungs, die sie unters Volk bringen sollten, wurden geschnappt und sitzen jetzt zehn Jahre in Sing-Sing ab.«

»Was für eine Schande!« sagte Benny mitfühlend. »Wie konnte das denn passieren?«

»Ich hatte einen Fehler gemacht«, gestand Alfred verschämt.

»Ich arbeitete gleichzeitig an zwei Druckplatten – einer Fünf-Dollar-Platte und einer Zehn-Dollar-Platte – und so kam es, daß ich Lincolns Kopf auf der Zehn-Dollar-Platte plazierte.«

»Wir machen alle Fehler«, tröstete Benny ihn.

»Das haben die Jungs auch gesagt, als ich sie besuchte«, nickte Alfred.

»Ich bedauere sehr, daß du nicht mehr im Geschäft bist«, sagte Benny. »Ich hatte gehofft, du könntest mir helfen.«

»Ich habe nicht mal mehr meine Ausrüstung – ich habe die Presse und den ganzen anderen Kram schon vor langer Zeit verkauft.«

»An wen?«

»An Schieler Di Strabismo.«

»Warum fragen Sie denn den nicht mal?« schlug Vinny vor. »Ich wette, der kann Ihnen helfen.«

»Ja, vielleicht«, nickte Benny. »Aber haltet für alle Fälle die Ohren offen und laßt mich wissen, wenn irgendwo billig Geld zu kaufen ist, okay?«

»Darf ich fragen, wofür Sie diese Art Zahlungsmittel brauchen?« fragte Vinny. »Oder ist das indiskret?«

»Ein Kind ist entführt worden.«

»Wessen Kind?«

»Ganoochs Sohn.«

»Wer macht denn so was Irres?« fragte Alfred.

»Hören Sie gut zu«, sagte die Stimme am Telefon.

»Ja«, sagte Nanny.

»Wissen Sie, wer hier spricht?«

»Nein – wer spricht?«

»Der Kidnapper. Und mit wem spreche ich?«

»Ich bin Nanny – die Erzieherin des Kindes.«

»Madam – ich möchte auf der Stelle Mr. Ganucci sprechen.«
»Mr. Ganucci ist nicht da.«
»Wo ist er?«
»Verreist.«
»Ach, tatsächlich«, sagte die Stimme spöttisch. »Wohin denn?«
»Nach Italien.«
»Dove in Italia?« fragte die Stimme. »Ich spreche sieben Sprachen fließend – versuchen Sie ja nicht, mich noch mal hereinzulegen.«
»Er ist auf der Insel Capri.«
»Unsinn! Verbinden Sie mich augenblicklich mit ihm! Ansonsten sehen wir uns gezwungen, uns des Kindes zu entledigen.«
»Um Himmels willen, nein!« flehte Nanny. »Ich schwöre Ihnen, er ist ...«
»Ich habe einen tückischen Dobermannpinscher, der dem Jungen an die Kehle geht, sobald ich ihm ein Zeichen gebe. Ich muß lediglich rufen ›töte ihn‹! Und jetzt hören Sie mit diesem albernen Spielchen auf und verbinden Sie mich mit Mr. Ganucci.«
»Ich sagte Ihnen doch schon – er ist in Italien.«
»Madam ...«
»Bitte! Wir sind schon dabei, das Lösegeld zu beschaffen – wir brauchen nur ein bißchen Zeit.«
»Wer ist ›wir‹?« fragte die Stimme. »Haben Sie der Polizei von der Sache erzählt?«
»Nein!« sagte Nanny entsetzt, »Sie etwa?«
»Ich? Sind Sie verrückt?«
»Entschuldigen Sie, ich ...«
»Hören Sie zu – und zwar aufmerksam«, befahl die Stimme.

»Ich gebe Ihnen Zeit bis morgen nachmittag um fünf. Bis dahin müssen Sie das Geld haben. Ich werde mich dann bei Ihnen melden und Ihnen mitteilen, wann und auf welche Weise die Übergabe erfolgen soll. Und noch ein guter Rat, Madam.«

»Ja, bitte.«

»Schicken Sie Mr. Ganucci ein Telegramm nach Capri und bitten Sie ihn, so schnell wie möglich nach Hause zu kommen.«

5. Schieler

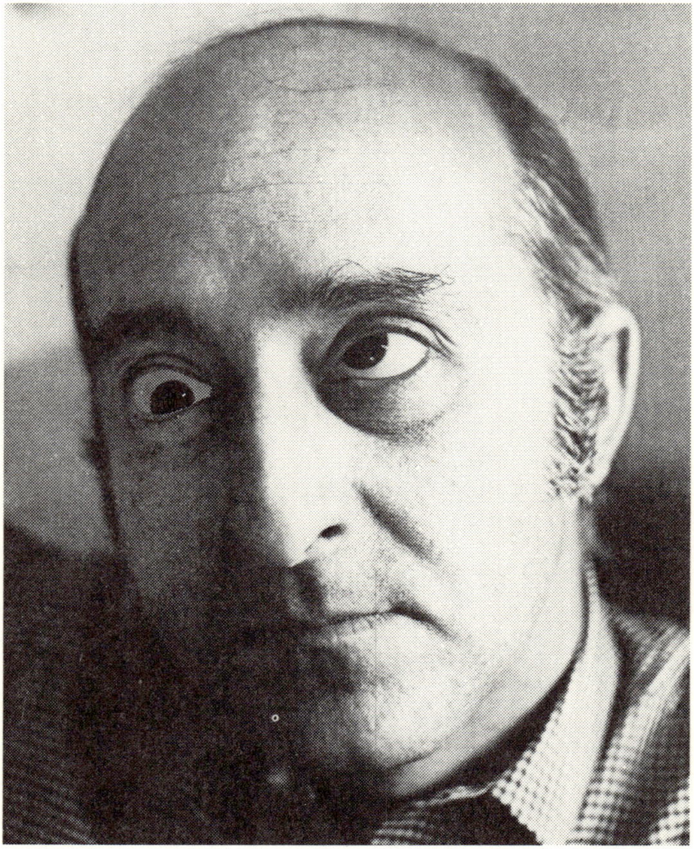

»Wer ist da?« fragte eine Stimme.

»Ich bin's – Benny Napkins.«

»Eine Sekunde«, sagte die Stimme. Eine Sichtklappe wurde geöffnet, und Schielers zweitbestes Auge erschien in der Öffnung. Dann fiel die Klappe wieder zu. Benny hörte, wie ein Schlüssel im Schloß herumgedreht und die Sperrkette entfernt wurde. Die Tür ging auf.

»Wie geht's, Ben?« fragte Schieler.

»Wir haben ein Problem«, erklärte Benny ohne Umschweife.

Er betrat den Dachboden, und Schieler schloß und versperrte die Tür hinter ihm. Der Speicher war riesengroß. Bis vor kurzem hatte ein Bildhauer hier gewohnt, dessen letzte Schaffensphase sich auf einzelne menschliche Körperteile konzentriert hatte. Als er ausgezogen war, hatte er einige seiner diesbezüglichen Frühwerke zurückgelassen, und demzufolge lagen und standen überall riesige Nasen aller möglichen Formen herum: Hakennasen, klassische Nasen, Stupsnasen, aufgebogene Nasen, gebrochene Nasen. Nasenflügel hingen von der Decke herab und an den Wänden, Nasenrücken standen auf Sockeln, Gipsnasenlöcher lagen in Haufen auf dem Boden. Als sie sich den Weg zwischen den Relikten hindurch bahnten, hatte Benny ganz deutlich das Gefühl, als atme ihm jemand ins Genick. Er war sehr erleichtert, als sie endlich den hinteren Teil des Dachbodens erreichten, in dem Schielers Druckerpresse neben einem Metalltisch stand, auf dem er die Druckplatten gravierte. Gegenüber standen in einem Winkel, der durch die merkwürdige Architektur des Speichers bedingt war, ein altes Sofa und ein ziemlich mitgenommener Couchtisch. Auf einem langen Wandbrett stand eine Kochplatte, und darüber hing die Skulptur der zweifellos häßlichsten Nase der Welt.

»Hat der Kerl denn gar nichts anderes gemacht?« fragte Benny. »Nur Nasen?«

»Nein – auch Bauchnabel«, erzählte Schieler. »Aber die hat er mitgenommen.« Er überlegte kurz und korrigierte sich dann: »Jedenfalls fast alle – einer hängt noch im Badezimmer.«

»Und was sollte das Ganze?«

»Keine Ahnung.« Schieler zuckte die Achseln. »Vielleicht wollte er die Einzelteile eines Tages mal zu einer riesigen Statue zusammenbauen.«

Benny schaute wieder zu der Nase hinauf.

»Erkennst du sie?« fragte Schieler.

»Nein.« Benny schüttelte den Kopf. »Von wem ist sie?«

»Von Snitch!«

»Du machst Witze!«

»Überhaupt nicht. Snitch war eines Tages hier oben und schnüffelte überall herum, wie's so seine Art ist. Das war, bevor der Künstlertyp ganz ausgezogen war – er rannte immer noch hier 'rum und suchte seine Bauchnabel und anderes Zeug zusammen. Er warf einen Blick auf Snitchs Nase und fing an zu strahlen. ›Ich muß Ihre Nase modellieren!‹ schrie er entzückt. Und dann drückte er Snitch fünf Dollar in die Hand, und dafür mußte der sich auf einen Hocker setzen und die Nase in die Luft strecken. Du hast sie wirklich nicht erkannt?«

»Nein – vielleicht liegt's an der Größe«, meinte Benny.

»Es sind die Proportionen im Leben, die den Dingen ihre Bedeutung verleihen«, philosophierte Schieler und studierte mit düsterer Miene die monströse Nase. »Willst du Kaffee?«

»Eine Tasse gern«, nickte Benny.
Schieler stellte den Wasserkessel auf die Kochplatte.
»Ich habe bloß Pulverkaffee – macht das was?«
»Nein, gar nicht.«
»Also – was kann ich für dich tun?« fragte Schieler freundlich und lehnte sich an seinen Arbeitstisch.
»Ich brauche fünfzigtausend Dollar«, eröffnete Benny ihm.
»Das ist ein großer Auftrag«, freute sich Schieler. »Wann brauchst du sie?«
»Sofort.«
»In was für Scheinen?«
»Das wurde nicht angegeben. Kleine Scheine, nehme ich an – das ist ja wohl so üblich in solchen Fällen.«
»Wer erteilt den Auftrag?« wollte Schieler wissen.
»Ich weiß den Namen nicht.«
»Einer von deinen Kollegen?«
»Ich glaube kaum.«
»Wenn es nämlich so wäre, könnte ich einen höheren Rabatt einräumen, verstehst du?«
»Was bekommst du derzeit für fünfzigtausend Dollar in kleinen Scheinen?« fragte Benny.
»Ein Zehntelprozent«, sagte Schieler. »In diesem Fall also fünfzig Dollar.« Er überlegte eine Weile und sagte dann: »Es kommt auch auf das Risiko an – wenn die Sache brenzliger ist als gewöhnlich, ist der Preis natürlich höher.« Er überlegte wieder und fragte dann: »Darf ich fragen, zu welchem Zweck dieses Geld verwendet werden soll?«
»Als Lösegeld.«
»Oho!« sagte Schieler. »Und wen hat man entführt, wenn ich fragen darf?«
»Carmine Ganuccis Sohn.«

Schielers Unterkiefer sackte nach unten.

»Ja, ja«, nickte Benny.

»Ganoochs Sohn?« fragte Schieler fassungslos.

»Genau den.«

»Welcher Irre macht denn so was?«

»Ein Irrer – wer denn sonst?« Benny stand von der Couch auf und ging vor der Druckerpresse auf und ab. »Ganooch ist augenblicklich Gott sei Dank in Italien. Wenn wir den Jungen zurückkriegen können, bevor er Wind von der Sache bekommt...«

»Ben – ich habe keine große Lust, in etwas verwickelt zu werden, das mit Ganoochs Sohn zusammenhängt.«

»Du bist schon verwickelt«, teilte Benny ihm mit.

»Ich? Aber wieso denn?«

»Weil ich dich aufgesucht habe. Nanny hat mich heute früh angerufen...«

»Ach nein!«

»Doch. Nanny. Sie wandte sich an mich, und so wurde ich in die Sache verwickelt. Und jetzt wende ich mich an dich, und so wirst du in die Sache verwickelt. Wenn, was der Himmel verhüten möge, Ganoochs Sohn etwas zustößt...«

»Da sei Gott vor!« Schieler rollte sein manövrierfähiges Auge in die entsprechende Richtung.

»... dann wird jeder, der in die Sache verwickelt ist, wünschen, er wäre es nicht, das kann ich dir versichern.«

»Ich wünsche es mir jetzt schon«, gestand Schieler.

»Mir geht es nicht anders«, sagte Benny, »aber das ist eben eine der kleinen Ironien des Lebens.«

»Was?«

»Daß manchmal Leute, die sich aus allem raushalten wollen, am tiefsten in eine Sache verwickelt werden. Wenn diese Entführung beispielsweise höheren Orts publik wird...«

»Da sei Gott vor!« betete Schieler erneut und rollte wieder sein zweitbestes Auge.
»Also gehen wir's an und hoffen wir, daß alles über die Bühne ist, bevor Ganooch zurückkommt.«
»Morgen um diese Zeit hast du das Geld«, versprach Schieler.
»Okay. Brauchst du eine Anzahlung?«
»Nicht von einem alten Freund wie dir.«
»Was hast du denn in letzter Zeit gemacht?« fragte Benny.
»Dollarnoten. Die bringen einzeln nicht viel – aber die Masse macht's. Hast du meine neueste Arbeit schon gesehen, Ben?«
»Ich habe überhaupt noch keine deiner Arbeiten gesehen – aber ich würde sie mir gern mal ansehen.«
»Ich habe grade ein paar Scheine gedruckt, als du kamst«, berichtete Schieler. Er ging zur Druckerpresse. »Sieh sie dir an. Und dann trinken wir Kaffee.« Er löste behutsam einen frischen Dollarschein von der Walze. »Er ist noch ein bißchen naß«, warnte er. »Sei vorsichtig.« Mit vor Schöpferstolz strahlendem Gesicht reichte er Benny die Banknote. »Sieh sie dir an«, sagte er.
Benny sah sie sich an. Sie schien sehr sauber gearbeitet zu sein. Er blinzelte und sah dann genauer hin, wobei er sie näher an die Augen hielt – und plötzlich hatte er keine Lust mehr, mit Schieler Kaffee zu trinken, plötzlich erkannte er, daß die Aufgabe, Ganoochs Sohn zurückzukaufen, viel schwieriger war, als er gedacht hatte. Wie gebannt starrte er auf die Banknote, die ein schielender General George Washington zierte.
»Na, was hältst du davon?« fragte Schieler rhetorisch.
»Naja«, zögerte Benny. »Sie ist nicht ganz so wie das Original, nicht wahr?«
»Wirklich?« fragte Schieler und studierte sein Werk.
»Wo siehst du denn einen Unterschied?«

6. Snitch

Nanny suchte Snitch Delatore Donnerstagfrüh in der Hoffnung auf, er hätte vielleicht erfahren, wer Klein-Lewis entführt hatte. Die Möglichkeit, daß er etwas erfahren hatte, war extrem gering, da ihm nie jemand etwas erzählte, aber Nanny wollte nichts unversucht lassen. Ein Anruf von Benny Napkins am Abend zuvor hatte sie über die Schwierigkeiten aufgeklärt, die die Beschaffung des Lösegeldes machte. Benny hatte ihr mitgeteilt, daß er jetzt nach einem anderen Plan vorgehen würde, und sie gebeten, ihn zu informieren, wenn der Kidnapper sich wieder meldete. Sie wußte nicht, wie Bennys neuer Plan aussah – sie bedauerte allmählich schon, sich überhaupt an ihn gewandt zu haben.

Und sie bedauerte auch schon, sich an Snitch Delatore gewandt zu haben, denn die Unterhaltung mit ihm erwies sich als recht schwierig. Sie war immer und immer wieder gewarnt worden, Snitch irgend etwas anzuvertrauen – es sei denn, sie wollte, daß es direkt an die Polizei weitergeleitet wurde. Deshalb war sie jetzt auch darauf bedacht, keine wichtigen Informationen preiszugeben. Aber Snitch betrachtete es als seine Aufgabe, Informationen zu sammeln, und er war entschlossen, von Nanny soviel wie möglich herauszubekommen. Und so saßen sie nun nebeneinander auf einer Bank im United Nations Plaza Park, sahen den Schiffen auf dem East River zu und führten ein Kreiselgespräch. »Sagen Sie mir noch einmal, warum Sie mich sprechen wollten«, bat Snitch.

»Ich wollte wissen, ob Sie etwas gehört haben«, sagte Nanny.

»Worüber?«
»Über irgend etwas.«
»Naja – ich habe eine ganze Menge über eine ganze Menge Dinge gehört«, sagte Snitch, was eine faustdicke Lüge war, da er nie irgend etwas über irgend etwas erfuhr. »Was davon interessiert Sie denn?«
»Nun – ich werde nicht wissen, was ich wissen will, bevor ich weiß, was Sie wissen«, erklärte Nanny.
»Naja«, sagte Snitch langsam, »wenn ich nicht weiß, was Sie wissen wollen – wie kann ich da wissen, ob Sie das wissen wollen, was ich weiß.«
Nanny schaute auf den Fluß hinaus, auf dem ein Kohlenschlepper große Rauchwolken gen Himmel blies. Die Themse fiel ihr ein, und wie einfach das Leben in London gewesen war, wo sie eine gute Stellung in Mayfair gehabt hatte – vielleicht nicht so angenehm wie ihre jetzige, aber eine, die keinen Umgang mit solchen Typen, wie diesem Snitch mit sich gebracht hatte.
»Es handelt sich um ein Verbrechen«, rückte Nanny heraus.
»Was für ein Verbrechen?«
»Nun – von welchen haben Sie denn gehört?«
»Für welche interessieren Sie sich denn?«
»Für alle, von denen Sie gehört haben.«
»Ich habe von vielen gehört.«
»Von was für welchen?«
»Welche interessieren Sie denn besonders?«
»Alle, von denen Sie gehört haben.«
»In dieser Stadt werden viele Verbrechen begangen«, erklärte Snitch gewichtig, »und ich genieße das Privileg, über fast jedes einzelne Bescheid zu wissen. Wenn Sie sich also für ein bestimmtes Verbrechen interessieren, müssen Sie mir nur

mitteilen, um welches es sich handelt, und ich werde die Kartei in meinem Kopf durchblättern und bei der richtigen Karte halt machen. Welches Verbrechen interessiert Sie also?«

»Warum blättern Sie Ihre Gedächtniskartei nicht laut durch«, schlug Nanny vor. »Wenn Sie bei der richtigen Karte angekommen sind, sage ich es.«

»Nanny – Sie sind wirklich eine nette Frau, aber Sie vergeuden meine Zeit. Wenn wir uns nicht irgendwie verständigen kön…«

»Haben Sie beispielsweise Informationen über ein Verbrechen, das in den letzten Tagen verübt wurde?«

»Gestern meinen Sie?«

»Ja – gestern oder vorgestern.«

»Mit vorgestern meinen Sie Dienstag, ja?«

»Genau.«

»Sie suchen Informationen über ein Verbrechen, das am Dienstag verübt wurde?«

»Ja.«

»Tagsüber oder nachts?«

»Dienstagnacht.«

»Okay«, sagte Snitch. »Und jetzt wollen wir es noch weiter präzisieren. War dieses Verbrechen ein großes oder ein kleines?«

»Ein großes.«

»Größer als ein durchschnittliches?«

»Ja.«

»Größer als ein großes?«

»Ja.«

»Also ein sehr großes.«

»Ja.«

»Ein Verbrechen, auf das mehr als zwanzig Jahre stehen oder weniger?«

»Mehr. Glaube ich wenigstens.«
»Mit anderen Worten: wir können Verbrechen wie Überfall, Fälschung und Diebstahl ausklammern.«
»Ja.«
»Wir sprechen also jetzt über Verbrechen wie bewaffneten Raubüberfall, Brandstiftung, Mord und dergleichen.«
»Ja.«
»Fällt das Verbrechen, um das es geht, vielleicht unter eine der eben genannten Bezeichnungen?«
»Nein.«
»Darf ich an dieser Stelle eine Frage einwerfen?«
»Bitte.«
»Sie arbeiten jetzt bereits einige Jahre für Mr. Ganucci – warum wenden Sie sich nicht an ihn, wenn Sie Informationen über ein Verbrechen brauchen?«
»Mr. Ganucci ist in Italien.«
»Dann telegrafieren Sie ihm doch«, sagte Snitch.
»Ich möchte ihn im Urlaub nicht stören.«
»Ich bin sicher, er würde Ihnen gerne helfen, wenn Sie...«
»Ich bin sicher, er würde mir nicht gerne helfen«, widersprach Nanny überzeugt.
Snitch wandte sich ihr zu und studierte ihr Gesicht. Dann verengten sich seine Augen. »Oder handelt es sich vielleicht um etwas, das Mr. Ganucci am besten gar nicht erfahren soll?«
»Zum Beispiel?«
»Zum Beispiel eine kapitale Schurkerei, bei der Mr. Ganucci ein Profitanteil zustünde, die aber von einem seiner Mitarbeiter ohne sein Wissen und seine Erlaubnis abgewickelt worden ist – was ihn ganz schön in Rage brächte, wenn er es erführe.«
»Nein«, sagte Nanny.

»Nichts dergleichen?« Snitch war sichtlich enttäuscht.
»Nein.«
Snitch nahm seinen Hut ab und kratzte sich am Kopf. »Sie sehen mich ratlos.«
»Sie haben also nichts gehört?«
»Nichts über ein Verbrechen der Art, um die es hier geht – wenn es sich um das Verbrechen handelt, das ich vermute.«
»Ich glaube, Sie vermuten richtig«, sagte Nanny.
»Ich werde mich noch etwas umhören«, versprach Snitch.
»Dann haben wir wohl jetzt nichts mehr zu besprechen.« Nanny stand auf und strich ihren Rock glatt.
»Nicht bevor ich neue Informationen habe.«
»Vielen Dank. Auf Wiedersehen.« Nanny nickte ihm zu und ging in Richtung First Avenue davon.
Snitch sah ihr nach und fragte sich, worüber sie eigentlich die ganze Zeit gesprochen hatten.

7. Garbugli

Um halb zwölf an diesem Vormittag hatte Snitch seine Begegnung mit Nanny schon wieder völlig vergessen. Er hatte wichtigeres im Kopf, und zwar der Reihe nach: seine Exfrau Roxanne, die kleine Nutte; einen Mann aus Amarillo, Texas, der als Anreißer am Broadway stand; und die Unterhaltszahlungen, die Roxanne hartnäckig von ihm verlangte, obwohl sie derzeit mit besagtem Texaner zusammenlebte, der schließlich auch etwas verdiente.

»Ist das vielleicht fair?« wandte Snitch sich anklagend an Mr. Garbugli. »Daß ich zahlen soll, wenn sie mit einem anderen Mann Tisch und Bett teilt?«

»Es ist nicht fair, aber es ist gesetzlich«, erklärte Vito Garbugli. Er war ein sehr beschäftigter Mann und hätte Snitch überhaupt nicht empfangen, wenn er nicht einen Anruf von einem Kriminalbeamten namens Alexander Bozzaris bekommen hätte, der ihm einmal einen Gefallen getan hatte und jetzt seinerseits Entgegenkommen verlangte für den, wie er sich ausdrückte, »verläßlichsten Ratgeber der Abteilung«. Garbugli war zu seinem Partner Azzeca gegangen und hatte ihn gefragt, ob ihm der Name Frank Delatore etwas sage, und Azzeca hatte gesagt: »Damit ist sicher Snitch gemeint. Warum fragst du?« Worauf Garbugli ihm von Bozzaris' Anruf erzählt und Azzeca gesagt hatte: »Delatore ist eine Ratte. Du hättest ablehnen sollen.« Worauf Garbugli seinen Partner daran erinnert hatte, daß ein Zahlenlottobankhalter namens Joe Dirigere einmal siebentausendvierhundert Dollar für Bozzaris' Pensionskasse gestiftet hatte, wofür dieser bereit gewesen war, den Jungs die Wettscheine zurückzugeben, die er bei einer Razzia konfisziert hatte – und das war ein ganz schöner Haufen Geld. Azzeca vertrat den Standpunkt, daß damit niemand jemandem einen Gefallen getan, sondern daß es sich ganz einfach um eine geschäftliche Transaktion gehandelt habe. Aber er stimmte zu, daß Garbugli Snitch einen Termin gab, denn dieser war zwar eine Ratte, aber keine gefährliche – solange man ihm nichts erzählte, was der Polizei von Nutzen sein konnte. Garbugli zuckte die Achseln und sagte: »Er kommt nur, um mit mir über seine Frau zu sprechen.«

Was Snitch seit nunmehr zehn Minuten tat, wobei er sich bitter über ihr skandalöses Verhalten beschwerte. »Ist das fair, Mr. Garbugli?«

»Solange sie nicht wieder verheiratet ist«, sagte Garbugli, »hat sie ein Recht auf den Unterhalt, der ihr gerichtlich zugesichert worden ist.«

»Aber sie lebt doch mit diesem texanischen Strolch zusammen!« protestierte Snitch.

»Sie könnte auch mit den Sieben Zwergen zusammenleben«, entmutigte Garbugli ihn. »Sie müßten ihr trotzdem Unterhalt zahlen.«

»Ich werde nicht zahlen«, verkündete Snitch.

»In diesem Fall werden Sie bald im Gefängnis sein. Und während Sie dort sind, wird sie weiterhin mit diesem Marktschreier zusammenleben. Wollen Sie einen Rat von mir? Zahlen Sie!«

»Es ist nicht fair«, maulte Snitch.

»Mein lieber Freund«, sagte Garbugli salbungsvoll, »es gibt soviel Ungerechtigkeit auf der Welt – jeder muß seine gottverdammte Bürde tragen.«

»Mr. Garbugli?«

»Ja?«

Das Telefon surrte. »Entschuldigen Sie einen Moment«, sagte Garbugli und nahm den Hörer ab. »Vito Garbugli«, meldete er sich. »Was? Aber natürlich. Ich komm' sofort 'rüber, Mario.« Er stand auf und kam hinter seinem Schreibtisch hervor. »Ich bin gleich wieder da«, sagte er zu Snitch und verschwand durch die Verbindungstür in das angrenzende Büro seines Partners Azzeca. Die Tür fiel hinter ihm zu, und Snitch lehnte sich zurück in seinem Ledersessel und dachte über die Ungerechtigkeit des Lebens nach. Nach fünf Minuten erwachte der Verdacht in ihm, Garbugli habe ihn vergessen – und das fand er auch nicht fair. Plötzlich öffnete sich die Tür zum Vorzimmer, ein langbeiniger, hübscher Rotschopf in einem kurzen, beigen Rock und einer grünen Bluse kam herein, ging mit schnellen Schritten zu Garbuglis Schreibtisch, legte ein gelbes Blatt Papier darauf, drehte sich schwungvoll um, lächelte Snitch zu und verschwand wieder. Snitch stand auf und trat ans Fenster. Unten auf der Straße gingen ehrbare Menschen wie er vergnügt ihres Weges – sie mußten sich kein Kopfzerbrechen wegen der Unterhaltszahlungen an eine Nutte machen, die mit einem Marktschreier zusammenlebte, der nicht schlecht verdiente. Die Sieben Zwerge – der Anwalt hatte wirklich Humor! Snitch schielte zu dem gelben Papier hinüber, das das Mädchen auf Garbuglis Schreibtisch gelegt hatte. Es sah sehr nach einem Telegramm aus. Er konnte nicht anders – er mußte es lesen:

»CDU071 RWU809 CP084 14PD INTL FR CD CAPRI 182130
AZZGAR (AZZECA & GARBUGLI)
(145 WEST 45 ST) NYK
DRINGEND FÜNFZIG BESCHAFFEN ÜBERGABE SAMSTAG, 21. AUGUST
CARMINE GANUCCI«

»Na klar, dachte Snitch, Ganooch schickt Telegramme aus Italien, und die Kerle unten auf der Straße gehen vergnügt ihres Wegs, während ich Alimente für eine Frau zahlen muß, die ich kaum kenne. Schließlich war ich nur knapp sechzehn Monate mit ihr verheiratet. Er ließ sich wieder in dem Ledersessel nieder. Die Klimaanlage am Fenster summte. Kurze Zeit später war Snitch eingeschlafen.
Als Garbugli in sein Büro zurückkam, fand er seinen Klienten schnarchend vor – und das Telegramm von Ganucci auf seinem Schreibtisch. Er stopfte es hastig in die Tasche, rüttelte Snitch an der Schulter und fragte ihn, ob er noch etwas auf dem Herzen habe. Snitch hatte Schwierigkeiten, in die Wirklichkeit zurückzufinden, und erlebte ein paar entsetzliche Sekunden lang noch einmal die Februarnacht in Chicago, als man ihn wachgerüttelt und gefragt hatte, warum er eine so große Schnauze habe. Er hatte schlaftrunken zurückgefragt: »Wer hat eine große Schnauze?« und eine Stimme aus der Dunkelheit hatte geantwortet: »Du!« und Snitch hatte protestiert: »Aber das stimmt doch gar nicht!« Und dann war er endlich ganz wach, erkannte, wo er sich befand, versicherte Garbugli, daß er nichts mehr auf dem Herzen habe, aber nicht bereit sei, dieser Hure auch nur noch einen Cent in den Rachen zu werfen, dankte dem Rechtsanwalt, daß er ihm seine Zeit geopfert hatte, und ging. Im Vorzimmer schnorrte er eine Zigarette von der Rothaarigen, die das Telegramm auf Garbuglis Schreibtisch gelegt hatte, und verließ das Haus.
Es versprach ein heißer Tag zu werden.
Er fragte sich, ob es in Italien wohl auch so heiß war. Wahrscheinlich nicht. Und er fragte sich auch, warum es so dringend war, daß »fünfzig« beschafft wurden. Fünfzig was? Dollar wohl kaum – Ganooch hatte wahrscheinlich ständig zehnmal soviel in der Hosentasche, für den Fall, daß mal ein

Trinkgeld gegeben werden mußte. Waren vielleicht fünfzigtausend gemeint? Brauchte Ganooch bis Samstag fünfzigtausend? Das war ein Haufen Geld. Über eine solche Summe stolperte man nicht alle Tage. Und es geschah auch nicht jeden Tag, daß Ganoochs Kindermädchen sich an ihn wandte und Informationen über die Schwerverbrechen haben wollte, die Dienstagnacht verübt worden waren.
Irgend etwas war im Gange.
Snitch roch es förmlich – mit der gleichen steigenden Erregung wie damals am vierzehnten Februar 1929 in Chicago! Er konnte sich nur mit Mühe beherrschen, nicht mitten auf der Wallstreet einen übermütigen Freudentanz aufzuführen. Es lag was in der Luft, und zwar was großes! Und Snitch kannte jemanden, der darauf brannte, alles darüber zu erfahren. Wenn er nicht mal wieder pleite gewesen wäre, hätte er sich für die Fahrt ein Taxi genommen.

Oben in der Kanzlei waren Mario Azzeca und Vito Garbugli mit einem Verhör beschäftigt. Genauer gesagt: Azzeca verhörte – Garbugli beschränkte sich hauptsächlich aufs Zuhören. Azzecas Opfer war Marie Pupattola, die langbeinige, rothaarige Sekretärin, die das Telegramm im Büro seines Partners auf den Schreibtisch gelegt hatte. Marie war ohnehin nicht in sonderlich guter Verfassung, da sie am Tag zuvor ihre Periode bekommen hatte, und Azzecas eindringliche Fragen taten ein übriges, ihren Zustand noch zu verschlimmern.
»Schlief er, als Sie ins Zimmer kamen?« fragte Azzeca.
»Du meine Güte – das weiß ich nicht mehr«, sagte Marie.
»Versuchen Sie, sich zu erinnern«, forderte Azzeca energisch. »Schlief er, als Sie das Telegramm hineinbrachten?«
»Immer mit der Ruhe, Mario«, versuchte Garbugli, seinen Partner zu besänftigen.

»Ich weiß es nicht mehr«, beteuerte Marie. Dabei wußte sie genau, daß Snitch nicht geschlafen hatte, denn sie hatte ihn angelächelt – und sie hatte nicht die Angewohnheit, schlafende Leute anzulächeln.

»Waren seine Augen geschlossen?«

»Kann sein.«

»Waren sie zu oder offen?«

»Manchmal«, sagte Marie, »hat ein Mensch die Augen zu und es sieht trotzdem so aus, als wären sie offen.«

»Und – sahen *seine* offen oder geschlossen aus?«

»Geschlossen«, behauptete sie entschieden, was eine Lüge war, denn sie hatten sehr offen ausgesehen – vor allem, als sie ihn angelächelt hatte.

»Dann glauben Sie also, daß er geschlafen hat?«

»Es wäre möglich, daß er geschlafen hat«, sagte sie, »aber ich weiß es wirklich nicht mehr.«

»Glauben Sie, daß er das Telegramm gesehen hat, Marie?«

»Das weiß ich nicht«, sagte sie. »Warum hätte er es sehen sollen?«

»Weil Sie es auf den Schreibtisch gelegt haben, und er weiß Gott wie lange allein im Zimmer war.«

»Hätte er es sich denn angesehen?« fragte Marie. »Ich meine, wenn er nicht geschlafen hätte?«

»Hat er geschlafen?«

»Ganz bestimmt.«

»Sind Sie sicher?«

»Ich werde doch wohl wissen, ob jemand schläft oder nicht!«

»Danke, Marie«, sagte Garbugli.

»Keine Ursache«, sagte Marie und lächelte ihn genauso an, wie sie Snitch angelächelt hatte. Und dann ging sie hinaus.

»Was meinst du?« fragte Garbugli, als sie allein waren.

»Ich meine, daß sie ein verlogenes, kleines Aas ist, und Snitch beide Augen offen hatte und hellwach war – und daß er jedes Wort des Telegramms gelesen hat«, antwortete Azzeca.
»Ich bin deiner Ansicht«, stimmte Garbugli ihm zu. »Wir sollten Nonaka anrufen und bitten, Freund Snitch einen Besuch abzustatten.«
Azzeca schüttelte sich. »Nonaka – schon die bloße Erwähnung seines Namens verursacht mir Schüttelfrost. Aber um noch mal auf das Telegramm zurückzukommen: was unternehmen wir wegen des Geldes, das Ganooch haben will?«
»Wir schicken es«, sagte Garbugli.
»Wozu braucht er wohl am Samstag soviel Geld?«
»Keine Ahnung – aber wenn er deshalb ein Telegramm aus Capri schickt, muß es schon ziemlich wich...«
»Falls das Telegramm wirklich von ihm ist«, unterbrach ihn Azzeca.
»Es ist doch mit ›Carmine Ganucci‹ gezeichnet.«
»Das ist aber keine Unterschrift«, gab Azzeca zu bedenken. »Den Namen kann jeder x-beliebige Absender darunter gesetzt haben. Mir fallen allein schon zwölf Leute ein, die das Telegramm geschickt haben können. Vielleicht hat es sogar die Polizei geschickt...«
»Die Polizei von Neapel, meinst du?«
»Warum nicht?«
»Die Polizisten in Neapel können kaum italienisch schreiben, geschweige denn englisch.«
»Ich versuche nur, dir klarzumachen, Vito, daß dieses Telegramm möglicherweise eine Falle ist.«
»Was für eine Falle?«
»Wenn ich das wüßte, könnten wir ihr ja entgehen.«
Garbugli zuckte die Achseln. »Vielleicht will Ganooch auch nur ein kleines Präsent für Stella kaufen.«

»Für *Stella?*« Azzeca sah ihn ungläubig an.
»Unterschätze Stella nicht«, grinste Garbugli. »Sie hat ein paar sehr hübsche Puffer.«
»Da hast du recht«, gab Azzeca zu. »Aber sie sind keine fünfundzwanzigtausend pro Stück wert.«
»Ich finde, die Sache ist für uns völlig ungefährlich – wenn wir ihm das Geld schicken, haben wir ja das Telegramm als Beleg.«
»Aber wenn er es nun *nicht* geschickt hat?«
»Dann kann uns auch nichts passieren.«
»Wir sollten uns lieber vergewissern.«
»Dazu haben wir doch gar keine Zeit. Heute ist schon Donnerstag, und er will das Geld Samstag haben. Wenn wir jetzt per Telegramm rückfragen, und er uns dann den Auftrag seinerseits telegraphisch bestätigt, und wir dann das Geld beschaffen müssen...«
»Allein in seinem Bankschließfach in der Stadt ist mehr als das in Kleingeld.«
»Das müßten wir erst mit Paulie Secondo klären.«
»Das müßten wir in jedem Fall.«
»Was schlägst du vor?«
»Wir telegraphieren Ganooch ins ›Quisisana‹ und holen uns sein Okay. Wenn das Telegramm wirklich von ihm ist, wird er es uns mitteilen – und wenn es nicht von ihm ist, wird er wissen wollen, was zum Teufel wir meinen.«
»Dann wollen wir die Nachricht mal formulieren«, sagte Garbugli.

In einer anderen Ecke der Stadt war Luther Patterson seinerseits dabei, eine Nachricht zu formulieren. Gestern hatte er dem Ganucci-Kindermädchen – das sich wie eine sehr kultivierte Dame angehört hatte, wenn auch leicht verstört – mitgeteilt, daß er sich heute nachmittag um fünf wieder melden würde, um ihr Instruktionen für die Geldübergabe zu geben. Und jetzt saß er in seinem mit Büchern vollgestopften Wohnzimmer am Schreibtisch, spannte ein leeres Blatt in die Maschine und begann zu überlegen. Wenn es einen Menschen gab, auf den er in Situationen wie diesen zählen konnte, dann war es John Simon – und wenn es noch einen Menschen gab, dann war es Martin Levin. Mit diesen beiden an der Seite brauchte man niemand anderen mehr, daran glaubte Luther Patterson von ganzem Herzen – wenn er sich in einem prosodischen Dilemma befand, konnte er sich auf die beiden immer verlassen.

Luther sah auf die Digitaluhr auf seinem Schreibtisch. Er war heilfroh, daß die Japaner Digitaluhren von solch erstaunlicher Größe fabrizierten, denn, um die Wahrheit zu sagen, er konnte die Uhr nicht besonders gut lesen. Vielleicht lag das daran, daß seine Schwester es gleich so perfekt gekonnt hatte. Als sie beide noch Kinder gewesen waren, hatte er manchmal absichtlich den Stunden- und Minutenzeiger verwechselt und beispielsweise behauptet, es sei viertel vor fünf, wenn es in Wirklichkeit fünf vor halb zehn war (Ha!), und gehofft, seine neunmalkluge Schwester damit durcheinanderzubringen – aber sie las die Uhrzeit stets korrekt von ihrer Mickymausuhr ab. Heute haßte er seine Schwester nicht mehr. Aber er konnte die Uhr nicht gut lesen. Und deshalb war er dankbar für die Digitaluhr und die deutlichen Zahlen, die jetzt...

Luther setzte seine Brille auf, denn sehen konnte er auch nicht allzu gut. Es war 1:56.

»John«, sagte er laut, »Martin – es erwartet uns ein wichtiges Schreiben.«

Er wußte noch nicht, wie er dem Kindermädchen die Nachricht zukommen lassen sollte, wenn er sie erst einmal verfaßt

hatte. Er vermutete, daß es auf dem Ganucci-Besitz inzwischen nur so von Polizisten wimmelte, auch wenn die Erzieherin ihm versichert hatte, daß sie der Polizei nichts von der Entführung gesagt habe. Er konnte es kaum glauben – aber andererseits hatte weder etwas in den Zeitungen gestanden, noch war eine diesbezügliche Meldung im Radio oder im Fernsehen durchgekommen. Und so nahm er jetzt an, daß es ihm tatsächlich gelungen war, den Limonadenfabrikanten in Ruhestand in Angst und Schrecken zu versetzen. Ganucci hatte offensichtlich strengstes Stillschweigen angeordnet, bis der Junge wieder wohlbehalten zu Hause wäre.
Luther fragte sich, warum die Erzieherin ihm erzählt hatte, daß Ganucci in Italien sei. War das die Wahrheit oder nur eine Behauptung? Aber wie auch immer – es spielte keine Rolle. Luther wußte ganz genau: wenn er einen Sohn gehabt hätte, und dieser Sohn wäre entführt worden, dann wäre er augenblicklich zurückgekommen – wo immer er auch in Urlaub gewesen wäre. Und so war er ziemlich sicher, daß Ganucci – selbst wenn er wirklich in Italien gewesen sein sollte – inzwischen längst zu Hause war und sich zerfranste, um das Lösegeld zu beschaffen. Der Gedanke an die hektischen Bemühungen des Millionärs in Ruhestand belustigte Luther. Aber sein Amusement wurde von einer leichten Traurigkeit überschattet: Er war jetzt vierzehn Jahre mit Ida verheiratet, und sie hatten nie ein Kind gehabt – abgesehen von einem Pekinesen, den sie 1969 gekauft hatten. Und Ida betüterte den Ganucci-Jungen jetzt, als sei es ihr eigener. Letzte Nacht hatte sie das Licht für ihn brennen lassen, heute früh hatte sie Heidelbeerpfannkuchen für ihn gebacken – Luther hatte sie ungenießbar gefunden, aber der Junge hatte sie geradezu verschlungen – und jetzt war sie unentwegt damit beschäftigt, ihm Kekse und Milch und Süßigkeiten in das Zimmer zu

bringen, in dem er eingesperrt war. Ihre Unfähigkeit, Kinder zu zeugen, rief Luther eine seiner Lieblingspassagen von John Simon ins Gedächtnis. Er ging zum Bücherregal hinüber, nahm Simons *Gesammelte Werke* heraus, schlug eine Seite auf, die von der häufigen Benutzung schon leicht angeschmuddelt war, und las:

»Eine Geschichte oder ein Gedicht, das sich nicht durch Länge auszeichnet, muß in die Tiefe, Höhe und Breite gehen. Es muß eine innere Beziehung herstellen, Echos, Andeutungen und Vermutungen wachrufen, den Raum zwischen den Zeilen nutzen und sich zusammenballen, um Bedeutungsgehalt zu erreichen.«

Luther wischte sich eine Träne von der Wange.

Er hatte eine Aufgabe zu erledigen. Der erste Schritt in ein literarisches Abenteuer war immer der schwerste, denn er bedeutete den schöpferischen Anstoß. John Simon kannte und verstand diesen Grundsatz zweifellos. Inspiriert von dem, was er gerade gelesen hatte, stellte Luther – in der Gewißheit, niemals diese Höhen zu erreichen, jedoch entschlossen, es trotzdem zu versuchen – den Sammelband ins Regal zurück und setzte sich wieder an die Schreibmaschine. Plötzlich hatte er eine großartige Idee. Er stürzte zum Bücherregal, packte sowohl Simon als auch Levin, preßte sie dankbar an seine Brust und stürmte zu seinem Schreibtisch, seiner Schere und dem Topf mit dem Klebstoff zurück.

Wenn es noch etwas Schwierigeres gab, als ein billiges Telegramm nach Italien zu schicken, wenn jedes Wort sechsundzwanzigeinhalb Cents kostete, so konnten Azzeca und Garbugli es sich jedenfalls nicht vorstellen. Schon die Adresse allein bestand aus fünf Worten.

»Wieviele Worte haben wir jetzt?« fragte Garbugli Azzeca,

der sich den Schreibmaschinentisch herangeholt und die Hände auf die Maschine gelegt hatte.
»Fünf«, sagte Azzeca.
»Sechsundzwanzigeinhalb Cents pro Wort – das ist der reine Wucher!« jammerte Garbugli.
»Wir halten es lieber ganz kurz«, sagte Azzeca. »Wenn Ganooch das Telegramm wirklich geschickt hat, wird er sicherlich nicht begeistert sein, wenn wir sein Geld verschleudern, um uns zu vergewissern, daß er es geschickt hat.«
»Sehr richtig«, nickte Garbugli.
»Wie hört sich das an?« meinte Azzeca.
»HABEN SIE TELEGRAMM GESCHICKT? AZZECA-GARBUGLI.«
»Ein bißchen unpersönlich, meinst du nicht?«
»Ja – aber kurz.«
»Und außerdem geht daraus nicht hervor, daß *wir* ein Telegramm bekommen haben. Vielleicht hat Ganooch seiner *Schwester* ein Telegramm geschickt – und in diesem Fall würde er doch natürlich antworten
›NATÜRLICH HABE ICH EIN TELEGRAMM GESCHICKT‹
und wir wüßten immer noch nicht, ob er das Telegramm an *uns* meint.«
»Da hast du nicht ganz unrecht«, gab Azzeca zu. »Wie wär's mit
›HABEN SIE DAS TELEGRAMM GESCHICKT DAS WIR BEKOMMEN HABEN?‹«
»Wie wär's einfach mit
›HABEN SIE UNS DAS TELEGRAMM GESCHICKT‹?«
»Das ist kürzer«, nickte Azzeca. »Aber was sagst du zu
›IST HIESIGES TELEGRAMM VON IHNEN‹?«
»Das ist noch kürzer.«
»Nicht schlecht«, gab Garbugli zu, »aber damit ist noch nicht sicher, daß wirklich *dieses* Telegramm damit gemeint ist.«

»Warte mal einen Moment«, sagte Azzeca. »Ich glaube, ich hab's.« Er fing an zu tippen. Garbugli machte sein Jackett auf und gestattete der Sonne, sein Phi-Beta-Kappa-Abzeichen zu bescheinen, das er sich im City College erworben hatte. Einmal hatte Carmine Ganucci ihn in seinem Büro aufgesucht und gefragt: »Was zum Teufel ist denn das?« und er hatte stolz geantwortet: »Das ist mein Phi-Beta-Kappa-Abzeichen, Ganooch.«

»Ach ja?« hatte Ganooch gesagt.

»Ja.«

»Und was bedeutet es?«

»Phi Beta Kappa.«

»Und was ist das?«

»Eine Ehrengesellschaft.«

»Italienisch?« hatte Ganooch gefragt.

Aber das war lange her – lange, bevor Nanny Kultur in das große, alte Haus in Larchmont gebracht hatte. Ganooch wußte inzwischen, was ein Phi-Beta-Kappa-Abzeichen war. Tatsache war, daß er Garbugli erst vor kurzem gefragt hatte, wo er es gestohlen habe – er bewundere es sehr und hätte gerne auch eins. Die Hände über seinem eindrucksvollen Bauch gefaltet, sah Garbugli jetzt auf das Abzeichen hinunter und genoß die Nachmittagssonne, die durch das große Fenster hereinschien. Azzeca hämmerte vielleicht eine halbe Minute lang wie wild auf der Maschine herum, hielt dann abrupt inne, rief »Da!« und riß das Papier aus der Maschine.

»Laß mal sehen, Kollege«, sagte Garbugli, und sein Partner reichte es ihm mit einer theatralischen Geste.

Garbugli las laut:

»CARMINE GANUCCI

QUISISANA

CAPRI, ITALIEN

IST UNSER TELEGRAMM IHRES? AZZECAGARBUGLI«
»Ich habe die Namen zusammengeschrieben, dann gelten sie als ein Wort«, erklärte Azzeca stolz. »Damit sparen wir immerhin sechsundzwanzigeinhalb Cents.« Er hielt inne. Garbugli studierte den Text aufmerksam. »Was meinst du?« fragte Azzeca. »Ich meine, wir sollten ihn anrufen«, antwortete Garbugli.

8. Bozzaris

Alexander Bozzaris war kein Gauner. Er war Polizist. Seiner Ansicht nach bestand zwischen diesen beiden Begriffen ein großer Unterschied. Nur einmal in seinem Leben hatte er eine Identitätskrise durchgemacht – und seine Frau überfallen. Eines Abends hatte er sich einfach so aus Spaß als Penner verkleidet, in sein eigenes Haus geschlichen – er mußte immer noch lächeln, wenn er daran dachte – und versucht, seine eigene Frau zu vergewaltigen. Er wurde festgenommen und drei Stunden auf einem Revier in der Bronx festgehalten – und das, obwohl er allen Kriminalbeamten sein Abzeichen gezeigt und ihnen Klagen angedroht hatte, falls sie ihn nicht umgehend freilassen sollten. Seine Frau blieb den Beamten gegenüber bei der Behauptung, sie habe ihn noch nie in ihrem Leben gesehen. Und so stand das Wort einer netten, jüdischen Lady gegen das eines offensichtlich perversen Griechen. Bozzaris wurde erst wieder auf freien Fuß gesetzt, als Captain O'Rourke, der Chef des Reviers, bestätigte, daß er Polizist sei.

Es klingelte gerade das Telefon, als Snitch in sein Büro trat. »Hallo, Snitch«, sagte er, deutete auf einen geradlehnigen Stuhl am anderen Ende des Zimmers und nahm den Hörer von der Gabel. »Bozzaris«, meldete er sich. »Einen Augenblick – ich muß mir was zum Schreiben suchen.« Er zog die oberste Schreibtischschublade auf, holte ein leeres Blatt Polizei-Briefpapier heraus, hielt es mit dem Ellbogen auf der Tischplatte fest, nahm einen Kugelschreiber und sagte: »Los!« Am anderen Ende des Raumes schlug Snitch die Beine übereinander und stellte sie dann wieder nebeneinander. Es war inzwischen Nachmittag, und er mußte schon auf die Toilette, seit er über diese unbezahlbare Information gestolpert war. Das Telefonat kam ihm denkbar ungelegen, denn er konnte es kaum noch erwarten, mit Bozzaris zu feilschen. Ungeduldig hörte er ihm zu.

»Richtig«, sagte Bozzaris. »Wo? Aha – unser Mann bei der Western Union. Was? Na, ist auch egal. An wen ist es adressiert? Gut, gut, ich hab's schon. Weiter.«

Snitch schlug die Beine übereinander.

»Verstanden«, sagte Bozzaris. »Aus Capri. Verstanden. Und wie lautet der Text?«

Snitch stellte die Beine wieder nebeneinander.

»›Dringend fünfzig beschaffen. Übergabe Samstag, 21. August.‹« wiederholte Bozzaris, was ihm sein Informant durchgab.

Snitchs Unterkiefer sackte nach unten. Er beugte sich vor und starrte Bozzaris ungläubig an.

»Und wie lautet die Unterschrift?« fragte Bozzaris.

»Carmine Ganucci«, sagte Snitch düster.

»Was?« fragte Bozzaris.

»Nichts«, winkte Snitch ab. Er stand auf und ging mit hängenden Schultern auf die Tür zu. »Augenblick mal!« brüllte Bozzaris, sagte hastig in die Sprechmuschel: »Ich rufe später zurück!« und legte auf. Er holte Snitch gerade noch ein, bevor dieser den Bereitschaftsraum verließ, in dem Kriminalbeamte damit beschäftigt waren, Berichte zu schreiben. Die Atmosphäre hier war etwa so anheimelnd wie in einem Bahnhofswartesaal. Um das Jahr 1919 herum waren die Wände in Apfelgrün gestrichen worden, und seitdem hatte man die Farbe an die zwei Dutzend Mal erneuert – immer wieder in demselben Apfelgrün, das ganz besonders anfällig für Schmutz war. Man konnte mit einiger Sicherheit annehmen, daß mehr Fingerabdrücke auf den schmuddeligen Wänden verewigt waren als in den Aktenschränken davor. Einige dieser Schränke waren aus Holz, der Rest aus Metall. Dunkelgrün gestrichen – wegen des dekorativen Kontrastes. Ebenso die Schreibtische der Kriminalbeamten waren Kombinationen aus reichlich mitgenommenem Holz und ebensolchem Metall. Ein im Stil dazu passender Käfig, der für Durchgangshäftlinge bestimmt war, beherrschte eine Ecke des Raumes. An der Wand neben der Tür, die zum Büro des Lieutenants führte, hing ein Schwarzes Brett, an dem die verschiedensten internen Nachrichten befestigt waren – einschließlich der Ankündigung des jährlichen Golfturniers der Kriminalpolizei. Bozzaris packte Snitch am Arm und fragte: »Was haben Sie's denn so eilig, Snitch?«

»Naja«, meinte Snitch, »ich hab' gesehen, daß Sie beschäftigt sind, und da wollte ich nicht stören.«

»Für Sie habe ich doch immer Zeit, Snitch«, grinste Bozzaris herzlich. »Warum wollten Sie mich sprechen?«

Seine überschwengliche Freundlichkeit war keineswegs gespielt – er hielt Snitch für einen sehr guten Informanten, einen der besten, die die Kripo hatte. Seine Bewunderung gründete sich auf die Tatsache, daß Snitch der Polizei von Chicago im Jahr 1929 einen unbezahlbaren Tip gegeben hatte – am Valentinstag, um genau zu sein. Snitch hatte die Gesetzesvertreter wissen lassen, daß in einer Garage in der North Wells Street eine kleine Zusammenkunft geplant sei. Die Adresse hatte zwar nicht ganz gestimmt – es handelte sich um die North Clark Street – und es hatte auch keine Zusammenkunft, sondern eine Sprengung stattgefunden – aber schließlich macht jeder mal einen Fehler. Die Jungs in Chicago waren bereit gewesen, Snitch zu verzeihen, und hatten in aller Stille eine kleine Wohltätigkeitsveranstaltung arrangiert, de-

ren Erlös für Snitchs Krankenhauskosten und ein paar hübsche Krücken verwendet worden. Kurz danach hatte Snitch beschlossen, nach New York zu übersiedeln.
Die Jungs in New York hatten von Snitchs fast gelungenem Verpfeifen gehört und beschlossen, ihm nichts anzuvertrauen – sonst hätten sie hinterher nur die Scherereien, ihn auf irgendeinem gottverlassenen Kartoffelacker in Long Island zu verscharren. Zuerst sprachen sie nur über das Wetter mit ihm. Und schließlich sprachen sie fast überhaupt nicht mehr mit ihm. Man kam zu dem Schluß, daß Snitch ein ausgesprochener Langweiler sei – ein Grund mehr, Unterhaltungen mit ihm zu vermeiden. Und heutzutage waren die einzigen Menschen, die mit Snitch sprachen, Polizisten, die immer noch voll der Bewunderung für seine Chicagoer Leistung waren, ihm immer noch Geld für seine Informationen boten und ihm manchmal aus der Klemme halfen – nur waren die Klemmen meistens von der Polizei inszeniert und hatten den Zweck, sich Snitch auf ewig zu verpflichten, damit er weiterhin wertvolle Geheimnisse aus Unterweltskreisen an sie weitergab, die ihm niemand, der seine Sinne beieinander hatte, jemals anvertraut hätte.
»Was gibt's Neues?« fragte Bozzaris.
»Eine Menge«, erklärte Snitch, der plötzlich das Gefühl hatte, daß vielleicht doch noch nicht alles verloren war – auch wenn Bozzaris die Information über Ganoochs Telegramm schon hatte.
»Kommen Sie mit in mein Büro«, sagte Bozzaris und brüllte: »Zwei starke Kaffee, Sam!«
»Kaffee ist alle!« brüllte Sam zurück.
»Da kann man nichts machen«, resignierte Bozzaris und ging vor Snitch her zu seinem Büro. Er machte die Tür zu. »Setzen Sie sich«, sagte er und zeigte auf einen Sessel, der normaler-

weise für den Kommissar, den Bezirksstaatsanwalt und die verschiedenen anderen Würdenträger reserviert war, die Bozzaris' Büro ab und zu beehrten. Snitch akzeptierte diese Auszeichnung voller Würde.

»Woher wußten Sie, welche Unterschrift das Telegramm trug?« fragte Bozzaris ohne Umschweife.

»Ich habe da so meine Möglichkeiten«, erklärte Snitch vage.

»Für welchen Zweck braucht Ganucci das Geld?« wollte Bozzaris wissen.

»Dienstagnacht ist ein großes Ding gelaufen«, eröffnete Snitch ihm.

»Na wenn schon«, sagte Bozzaris. »Ich sehe da keinen Zusammenhang.«

»Kennen Sie die Dame, die in Many Maples wohnt?« fragte Snitch.

»Meinen Sie Stella Ganucci?«

»Nein«, sagte Snitch.

»Stella Ganucci hat einen herrlichen Vorbau«, schwärmte Bozzaris.

»Das stimmt – aber ich meine die Lady, die dort wohnt und sich um den Ganucci-Jungen kümmert.«

»Ich erinnere mich, daß Stella Ganucci in Union City auftrat, als ich noch ein Junge war. Ich habe die Vorstellung gesehen«, erzählte Bozzaris versonnen. »Damals hieß sie Stella Stardust. An jeder Brustwarze war ein Lämpchen befestigt, und die leuchteten im Dunkeln.«

»Schön, schön – aber ich spreche von einer Lady namens Nanny«, riß Snitch Bozzaris aus seinen Erinnerungen.

»Ich glaube nicht, daß ich ihr schon vorgestellt worden bin.«

»Nanny hat sich heute vormittag mit mir getroffen und mich

nach einem Verbrechen gefragt, das sich Dienstagnacht ereignet hat.«
»Und was haben Sie ihr gesagt?«
»Nichts – aber ich wette, daß Ganoochs Geldsorgen damit zusammenhängen.«
»Und was für ein Verbrechen ist das?«
»Das weiß ich noch nicht«, gestand Snitch. »Aber es muß ein ganz großes Ding sein.«
»Mmm«, machte Bozzaris und faltete die Hände über der Brust. Er dachte kurz nach, räusperte sich, beugte sich in seinem Drehstuhl weit vor, stützte die Ellbogen auf den Schreibtisch auf und sagte: »Wie Sie sicher wissen, Snitch, bin ich hier im Department als Kämpfernatur bekannt. Das war schon so, als ich noch auf Staten Island Streife ging – und es hat sich bis heute nichts daran geändert. Wenn es etwas gibt, das ich nicht ertragen kann, dann ist es das Böse. Und das Böse ist für mich das Gegenteil von gut. Es ist die Todeskraft – im Gegensatz zur Lebenskraft. Und wenn es etwas gibt, das ich noch mehr hasse als das Böse, dann ist es das *organisierte* Böse. Und Carmine Ganucci und seine Kumpane repräsentieren das organisierte Böse. Snitch, ich werde Ihnen mal ganz offen was sagen: Ich finde es nicht fair, daß Carmine Ganucci und seine Spießgesellen mit dem organisierten Bösen wahre Berge von Geld scheffeln, während mein Jahresgehalt lediglich 19781 Dollar und 80 Cents beträgt. Oder halten Sie das vielleicht für fair, Snitch?«
»Ich halte es nicht für fair, Lieutenant«, sagte Snitch. »Aber es gibt so viel Ungerechtigkeit auf der Welt – jeder muß seine gottverdammte Bürde tragen.«
»Snitch?« sagte Bozzaris.
»Ja, Lieutenant?«
»Snitch – ich mag keine Flüche.«

»'ntschuldigen Sie.«
»Flüche und Das Böse gehen Hand in Hand.«
»Ich fluche sehr selten«, beteuerte Snitch.
»Vergessen wir's«, bot Bozzaris großmütig an. »Verstehen Sie, was ich Ihnen klarmachen will?«
»Ich glaube nicht«, gestand Snitch.
»Warum, glauben Sie wohl, hat der Bursche von der Western Union *mich* angerufen?«
»Um Ihnen von dem Telegramm zu erzählen, das Ganooch geschickt hat.«
»Ja – aber warum hat er ausgerechnet *mich* angerufen? Er ist ein guter Informant, genau wie Sie, Snitch – wenn auch nicht so bekannt und geachtet. Warum, glauben Sie, hat er *mich* angerufen statt jemanden von der Spezialabteilung des Distriktstaatsanwalts?«
»Weiß ich nicht. Warum?« fragte Snitch.
»Weil er weiß, daß ich den Mächten des Bösen einen lebenslangen Krieg erklärt habe.«
»Aha«, sagte Snitch.
»Und Carmine Ganucci ist das Böse! Als also dieser Bursche bei der Western Union das Telegramm in die Finger bekam, das Ganucci seinen Anwälten geschickt hat, rief er mich an, weil er genau wußte, daß ich etwas unternehmen würde – im Gegensatz zu den Burschen beim Distriktstaatsanwalt, die die ganze Woche nur auf ihren Ärschen sitzen, ohne sich zu rühren – wenn Sie den Kraftausdruck verzeihen wollen.«
»Aha«, sagte Snitch wieder.
»Und außerdem wußte er genau, daß ich ihm fünfundzwanzig Dollar für diese Information zahlen würde«, ergänzte Bozzaris.
»Genauso wie ich Ihnen jedesmal fünfundzwanzig Dollar zahle, wenn Sie mir eine Information bringen.«

»Könnte ich die fünfundzwanzig denn haben?« hakte Snitch sofort ein. »Ich bin im Augenblick ziemlich knapp bei Kasse.«

»Ich würde Ihnen die fünfundzwanzig Dollar wirklich liebend gern geben«, sagte Bozzaris, »aber Sie haben mir noch keine Information geliefert.«

»Habe ich doch«, widersprach Snitch.

»Also das wäre?«

»Na – Sie wußten zum Beispiel nicht, daß Dienstagnacht ein großes Verbrechen passiert ist, oder?« sagte Snitch.

»Ich weiß allein in diesem Revier von etwa vierhundertzehn Verbrechen«, erklärte Bozzaris.

»Aber Sie wußten nichts von diesem *speziellen* Verbrechen, das vielleicht in Verbindung...«

»Von *welchem* Verbrechen?« fragte Bozzaris und grinste. »Verstehen Sie jetzt, was ich meine, Snitch? Bisher haben Sie mir noch nichts Neues erzählt.«

»Was möchten Sie also wissen?« fragte Snitch. »*Welches* Verbrechen gemeint ist?«

»Ich bin nicht interessiert an Verbrechen«, winkte Bozzaris ab. »Die gibt es in dieser Stadt im Dutzend billiger. Ich glaube, ich kann mit Fug und Recht – und voller Stolz – sagen, daß in diesem Revier mehr Verbrechen passieren als in jedem anderen Bezirk der Stadt. Also erzählen Sie mir nichts von Verbrechen – die interessieren mich nicht.«

»Was interessiert Sie dann?« fragte Snitch.

»Die Früchte des organisierten Bösen«, erklärte Bozzaris. »Geld. Ich bin vor allem daran interessiert, diese fünfzigtausend Dollar abzufangen, bevor sie nach Neapel abgehen.«

»Ich weiß natürlich nicht viel über organisiertes Verbrechen«, gab Snitch zu, »aber ich wette, daß die Burschen einen Scheck nach Neapel schicken.«

»Da bin ich entschieden anderer Ansicht«, widersprach Bozzaris. »Aber schließlich hatte ich fast mein ganzes Leben lang mit organisiertem Verbrechen zu tun, und Sie nicht. Und ich habe die Erfahrung gemacht, daß diese Burschen grundsätzlich keine Schecks ausstellen. Merken Sie sich das als Grundregel.«
»Dann überweisen sie das Geld sicherlich von einer New Yorker Bank auf eine Bank in Neapel«, meinte Snitch.
»Das wäre möglich«, räumte Bozzaris ein. »Aber nur wenige nehmen das Risiko auf sich, daß auf ihren Kontoauszügen große Summen erscheinen, die von einem Land ins andere überwiesen wurden – von einem Häuserblock zum nächsten. Denn damit kriegen sie sofort das Finanzamt auf den Hals. Denken Sie nur mal an Al Capone!«
Snitch senkte ehrerbietig den Kopf.
»Bargeld!« sagte Bozzaris. »Das ist das Geheimnis des organisierten Bösen. Bargeld! Wissen Sie, was ich glaube?«
»Nein«, sagte Snitch. »Was denn?«
»Ich glaube, ein Kurier wird fünfzigtausend Dollar in bar nach Neapel bringen und sie dort Carmine Ganucci persönlich in die Hand drücken.«
»Naja, vielleicht...« sagte Snitch.
»Wenn Sie herausfinden können, wann und wo das Geld geholt und dem Mann übergeben wird, der es nach Italien bringen soll, wäre diese Information den hart arbeitenden Beamten dieses Stabes vielleicht bare fünfundzwanzig Dollar wert – Sie wissen ja wohl, daß ich diese Honorare aus eigener Tasche bezahle.«
»Nein, das wußte ich nicht.«
»Das wissen auch nur die wenigsten«, sagte Bozzaris, »aber es ist wahr. Und wenn Sie mir die gewünschte Information

bringen, könnten wir vielleicht auch diese kleine Sache vergessen, die immer noch in meinem Büchlein steht.«
»Was für eine Sache?« Snitch wurde plötzlich sehr blaß.

Es war acht Uhr abends, als Carmine Ganucci bei Faraglioni, wo er mit Stella und einem Nasenchirurgen in Ruhestand zu Abend aß, ans Telefon gerufen wurde. Er war sehr verärgert, da seine Gamberoni gerade serviert wurden, und er war noch ärgerlicher, als er gleich darauf am Telefon Vito Garbuglis Stimme hörte.
»Was ist los, Vito?« fragte er.
»Haben Sie ein Telegramm geschickt?« fragte Garbugli.
»Ja.«
»An uns?«
»Natürlich an Sie.«
»Stimmt das, was Sie in dem Telegramm geschrieben haben?«
»Jedes Wort.«
»Und wie wünschen Sie die Übergabe?«
»Durch Kurier.«
»Wann?«
»Setzen Sie ihn morgen abend in ein Flugzeug nach Rom.«
»Ich dachte, Sie brauchten es in Neapel.«
»Es gibt keine Flüge von New York nach Neapel«, sagte Ganucci. »Er muß in Rom umsteigen. Sagen Sie ihm das.«
»Ich werde es ihm sagen.«
»Man muß das diesen Schwachköpfen immer genau erklären, sonst vergessen sie es glatt.«
»Ich werde es ihm schon erklären, keine Sorge«, beruhigte ihn Garbugli.
»Und lassen Sie mich wissen, wann er ankommt. Er wird dann am Flugplatz erwartet.«

»Gut. Ich rufe Sie später wieder an und sage Ihnen, wann genau...«
»Schicken Sie ein Brieftelegramm.«
»Gut – ein Brieftelegramm.«
»Wie geht es Lewis?«
»Das weiß ich nicht. Soll ich anrufen und fragen?«
»Nein – das kostet nach Larchmont fünfundzwanzig Cents. Hat Nanny meine Postkarten bekommen?«
»Das weiß ich auch nicht. Wenn ich anrufen soll...«
»Ich habe fast jeden Tag eine geschrieben«, sagte Ganucci. Und per Luftpost geschickt – das kostet pro Stück hundertfünfzehn Lire. Was haben Sie mir sonst noch mitzuteilen?«
»Nichts.«
»Dann legen Sie doch auf – das kostet ja ein Vermögen!« schimpfte Ganucci und knallte den Hörer auf die Gabel.

In der Filiale der First National City Bank, Ecke Twenty-third Street und Lexington Avenue, hob Benny Napkins um vierzehn Uhr siebenunddreißig seine gesamten Ersparnisse ab – bis auf zweihundertsechzehn Dollar, die er sich vorsichtigerweise für schlechte Zeiten aufzuheben gedachte, für den Fall, daß der Trottel heute abend Mist baute. Er konnte sich zwar nicht vorstellen, daß der Trottel die Sache nicht schmeißen würde, aber Benny war sich durchaus klar darüber, daß die Menschen eben manchmal Fehler machen, und er dachte, es könnte nicht schaden, genug Geld zurückzubehalten, um im Falle eines Falles einen Flug nach Honolulu bezahlen zu können. »Ich möchte viertausend in Hundertern«, sagte er zu dem Kassierer, »und zweitausend in Dollar.«
»Zweitausend in Dollarnoten?« wiederholte der Kassierer ungläubig.
»Ganz recht«, nickte Benny.

Der Kassierer begann zu zählen.
Benny war sich bewußt, daß sein Plan nicht ganz ehrlich war, aber andererseits hatte er ja niemanden gebeten, Ganoochs Sohn zu entführen, und er hatte auch Nanny nicht gebeten, sich an ihn um Hilfe zu wenden. Er fand, daß er die Angelegenheit ganz souverän handhabte. Wenn alles nach Plan verlief und Der Trottel keinen Mist baute, hätte er um zehn Uhr abends das Lösegeld... und noch ein bißchen mehr für seine Bemühungen, vorausgesetzt, Celia Mescolata hatte das Spielchen arrangiert – und das würde er nicht vor halb sechs erfahren. Er nahm den Stoß Banknoten entgegen – zweitausend Dollarnoten und vierzig Hunderter –, bat den Kassierer um ein Gummiband, rollte die Scheine zusammen, schob das Gummiband darüber, dankte dem Kassierer und verließ die Bank.
Er überlegte, ob er Den Trottel noch einmal anrufen sollte – nur um sich zu vergewissern, daß er alles kapiert hatte. Denn Der Trottel hatte diesen Spitznamen nicht gerade seiner überragenden Intelligenz wegen bekommen. Er hatte sogar Schwierigkeiten, sich seine eigene Telefonnummer zu merken. Andererseits war es vielleicht besser, seine Nerven jetzt nicht unnötig zu strapazieren. Der Trottel konnte nicht viel, aber stehlen konnte er wirklich gut.
Benny ging die Lexington Avenue entlang auf seine Wohnung zu. Er war sehr nervös – also beschloß er, Jeanette Kay zu fragen, ob sie in Stimmung sei, etwas zu unternehmen. Jeanette Kay sagte, sie sei nicht abgeneigt – wenn er ihr verspräche, daß sie um vier Uhr fertig seien, denn dann käme *»Dark Shadows«* im Fernsehen.
Nanny sah sich die wildromantische Vorderseite der Postkarte an und fand sie sehr reizvoll. Dann drehte sie die Karte um und las:

Liebe Nanny,
»Wir sind immer noch auf der schönen Insel Capri und machen viele Bilder – ich freue mich schon sehr darauf, sie zu Hause zu entwickeln. Wie geht es Klein-Lewis? Sicherlich gut – dank Ihrer gewissenhaften Betreuung. Die besten Wünsche. Carmine und Stella Ganucci.«

Nanny las die Karte noch einmal, und dann noch ein drittes Mal. Er schrieb nichts über seine Rückkehr, und das war ein gutes Zeichen. Nach dem Terminplan, den er vor seiner Abreise auf dem Schreibtisch in seinem Arbeitszimmer deponiert hatte, würden er und Stella Italien nicht vor Sonntag, dem 29. August, verlassen. Offensichtlich war bisher noch nichts geschehen, das ihn zu einer Änderung seiner Pläne veranlaßt hätte. Allerdings war Nanny sich klar darüber, daß die Postkarte fünf oder sechs Tage von Italien nach Larchmont gebraucht hatte, und daß es durchaus möglich war, daß er plötzlich ohne Vorwarnung im Zimmer stand. Sollte etwas Derartiges geschehen, sollten die Ganuccis sich plötzlich entschließen, Italien zu verlassen oder – o mein Gott! – bereits auf der Heimreise sein, unerwartet nach Hause kommen und nach Klein-Lewis fragen...

Der Gedanke war entsetzlich.

Nanny beschloß, noch einmal bei Benny Napkins anzurufen. Sie ging ins Arbeitszimmer, zog die Türen hinter sich zu, obwohl niemand außer ihr im Haus war, ging zum Schreibtisch, auf dessen Lederplatte die Nachmittagssonne schien, und wählte Bennys Nummer. Es dauerte eine halbe Ewigkeit, bis er an den Apparat kam, und dann schnauzte er unfreundlich:

»Wer zum Teufel ist das?«

»Hier ist Nanny.«

»Oh! Oh, hallo Nanny. Hören Sie, Nanny – können Sie vielleicht in ein paar Minuten noch mal anrufen? Vielleicht in zehn Minuten? Was?« sagte er, und Nanny hatte den Eindruck, als habe er sich vom Telefon abgewandt. Dann sprach er wieder in die Sprechmuschel. »In einer Viertelstunde, okay?«

»Ich bin sehr beunruhigt«, sagte Nanny.

»Ja, ich verstehe Sie schon. Sie brauchen sich absolut keine Sorgen zu machen. Rufen Sie doch bitte in zehn, fünfzehn Minuten wieder an, dann sprechen wir die ganze Sache noch mal durch, okay?«

»Ich will aber jetzt mit Ihnen sprechen«, insistierte Nanny. Ein langes Schweigen folgte, dann sagte Benny – und Nanny fand, daß er müde klang: »Was ist los, Nanny?«

»Was für Fortschritte haben Sie gemacht?« fragte Nanny.

»Ich habe für heute abend ein Pokerspiel arrangiert – das heißt, ich habe eine Bekannte gebeten, es zu arrangieren. Sie wird mich nachher anrufen und mir sagen, ob es klappt. Nanny – ich habe eine großartige Idee: rufen Sie mich doch so gegen halb sechs an. Bis dahin weiß ich dann, ob das mit dem Spiel klargeht und kann Ihnen...«

»Ein Pokerspiel haben Sie gesagt?«

»Ja, genau.«

»Wie können Sie denn jetzt ans Kartenspielen denken?« Nanny war fassungslos.

»Ich hoffe, daß ich, wenn alles gut geht, fünfzigtausend Dollar gewinne«, erklärte Benny. »Hören Sie, Nanny – das ist keine Sache, die man am Telefon besprechen kann. Man weiß heutzutage schließlich nie, wer in der Leitung hängt.«

»Werden Sie mir später wegen des Spiels Bescheid geben?«

»Selbstverständlich. Haben die Irren sich schon wieder gemeldet?«

»Nein – noch nicht. Er hatte gesagt, ich würde um fünf Uhr von ihm hören.«

»Na schön. Ich rufe Sie so gegen sechs an, und dann können wir unsere Informationen austauschen. Ist Ihnen das recht, Nanny?«

»Ja, das hört sich gut an«, meinte Nanny.

»Bis später«, sagte er – etwas abrupt, wie sie fand – und legte auf.

9. Azzeca

Als um viertel nach fünf das Telefon klingelte, war Nanny überzeugt, der Kidnapper riefe an, um die angekündigten Instruktionen durchzugeben. Ihre zarte Hand hob zitternd den Hörer von der Gabel.

»Hallo?« sagte sie.

»Nanny? Hier ist Benny Napkins. Heute abend geht klar. Ich rufe Sie an, sobald das Spiel vorbei ist. Ich hoffe, daß ich das Geld dann zusammen habe.«

»Gut«, sagte Nanny.

»Haben Sie schon was von dem Kidnapper gehört?«

»Nein.«

»Haben Sie in den Briefkasten geschaut? Vielleicht hat er die Instruktionen schriftlich niedergelegt.«

»So dumm kann doch niemand sein«, meinte Nanny.

»Diesem Irren würde ich alles zutrauen«, sagte Benny. »Sehen Sie im Briefkasten nach und rufen Sie mich dann zurück.«

»Gut.« Sie legte auf.

Bennys Vermutung erwies sich als richtig. Wie die erste Nachricht war auch diese aus Zeitungs- und Illustriertenausschnitten zusammengestellt und dann auf ein weißes Blatt Papier geklebt worden. Natürlich hatte Nanny keine Ahnung, daß der Kidnapper die Wörter vorsichtig aus Rezensionen herausgeschnitten hatte, die seine beiden Lieblingskritiker verfaßt hatten. Sie stand in der hereinbrechenden Dämmerung neben dem Briefkasten und las die Nachricht laut vor sich hin:

»Diese Art des Austausches ist... künstlich eleganter Eklek-

tizismus... (auch ziemlich starke Passagen)... von einem Universalgelehrten... das Resümee ist fröhlich und bescheiden wie ein Strauß Wiesenblumen... – ... Lassen Sie es mich so formulieren: Sie können mit dieser Possenreißerei fortfahren... oder... herausfordern... gewunden... schreckliches Unglück...halten Sie die Flut der Gewalttätigkeit zurück... genügend Geld... gewünscht... mit... Übergabe... Was wir sofort brauchen ist... obwohl ich davor zurückschrecke, es auszusprechen... lukrative Kapitalisierung... oder werden... frei fühlen, zu terrorisieren, das Recht auszuschließen und sogar zu morden...«
Sie ging ins Haus zurück und rief Benny Napkins an.
»Ich habe eine neue Nachricht von ihm«, berichtete sie.
»Und – was schreibt er?« wollte Benny wissen.
»Ich habe keine Ahnung«, gestand Nanny ratlos.

Um sieben Uhr an diesem Abend griff einer von Bozzaris' Leuten einen Mann auf, der aus zwei Gründen verdächtig schien. Erstens war er in diesem Viertel unbekannt und zweitens drosch er mit beiden Fäusten einem Mann ins Gesicht. Auf dem Bürgersteig vor einer Cafeteria – keine zwei Blocks vom Polizeirevier entfernt! Er versicherte dem Beamten, der ihn festnahm, immer wieder, aus reiner Notwehr gehandelt zu haben, aber der erkannte einen Fremden mit Mordabsichten, wenn er einen vor sich hatte. Er brachte den Mann in den Bereitschaftsraum hinauf, wo man bei der anschließenden Durchsuchung zehntausend Dollar in bar entdeckte.
Der Name des Mannes war William Shakespeare.
»Und Sie erwarten wirklich, daß ich Ihnen das glaube?« fragte Bozzaris.
»Aber ich heiße wirklich so«, antwortete der Mann in glokkenreinem Englisch, was zusätzlich verdächtig war.

»Und wo wohnen Sie, Willie?«
»In der Mott Street unten.«
»Warum denn das?«
»Ich mag chinesische Mädchen.«
»Na schön«, sagte Bozzaris. »Was hatten Sie in meinem Bezirk zu tun – außer einen armen Mann krankenhausreif zu schlagen?«
»Dieser arme Mann versuchte, mich zu berauben«, empörte sich Willie. »Ich mußte ihn doch daran hindern, mir meine gesamten Ersparnisse zu stehlen!«
»Es gibt tagsüber kaum Überfälle in diesem Revier«, sagte Bozzaris.
»Heute hätte es aber fast einen gegeben«, trumpfte Willie auf. »Ich habe ihn verhindert!«
»Es gibt eine Theorie«, informierte Bozzaris ihn, »nach der die Person, die zu einem kriminellen Akt herausfordert, genauso schuldig ist wie der Kriminelle. Es ist eine alte, hebräische Theorie – falls Sie sich da auskennen.«
»Tue ich nicht«, bedauerte Willie.
»Macht nichts. Eine Person, die zehntausend Dollar in bar mit sich herumträgt, könnte man doch als provokativ bezeichnen, oder?«
»Ich brauche das Geld«, sagte Willie. »Und deshalb habe ich es von meinem Sparkonto abgehoben.«
»Und wofür brauchen Sie es?« fragte Bozzaris.
»Für einen privaten Zweck.«
»Als da wäre?«
Es klopfte leise an die Tür. »Herein«, sagte Bozzaris. Ein Detective kam herein und legte ein Blatt Papier auf den Schreibtisch. »Danke, Sam«, sagte Bozzaris und nahm es in die Hand.
»Was haben Sie für einen Beruf, Willie?«

»Ich fabriziere Mah-jong-Steine. Ich fing an, mich für dieses Spiel zu interessieren, als ich vor Jahren einmal in Hong Kong lebte.«

»Willie«, Bozzaris sah von seiner Lektüre auf, »nach dem, was hier steht, sind Sie im Fünften und auch im Neunten Bezirk als Spieler bekannt. Was haben Sie dazu zu sagen?«

»Na schön – ich spiele schon manchmal Karten.«

»Und Sie sind auch schon mehrmals verhaftet worden – wegen Buchmacherei, wegen Unterhaltung eines Wettbüros und Falschspielerei.«

»Ja, manchmal«, bestätigte Willie.

»Hier steht ›oft‹. Wenn man dieser hübschen Liste noch eine Anklage wegen tätlichen Angriffs hinzufügen würde, könnte sich das als sehr ärgerlich für Sie erweisen«, sinnierte Bozzaris. »Was die Zeit angeht, die sie dann hinter Gittern zubringen würden, meine ich.«

»Der Mann versuchte, mich zu berauben«, beharrte Willie auf seiner Version. »Wahrscheinlich sah er das Bündel Banknoten, als ich in der Cafeteria meine Rechnung bezahlte. Es ist doch kein Verbrechen, sich gegen so einen Schuft zu wehren.«

»Geschenkt«, sagte Bozzaris. »Es ist aber auch kein Verbrechen, wenn der Staatsanwalt automatisch annimmt, daß es sich wohl kaum um Notwehr handeln kann, wenn die Polizei einen stadtbekannten Spieler mit einem ellenlangen Vorstrafenregister von einem Mann wegreißen muß, der zusammengeschlagen auf dem Bürgersteig liegt. Die Strafe für grobe Körperverletzung – und so würde die Anklage wahrscheinlich lauten – beträgt fünf Jahre. »Ich sehe hier, daß Sie schon dreimal gesessen haben, Willie – und ich muß Ihnen wohl nicht sagen, daß Ihre vierte Freilassung ganz schön lange auf sich warten lassen dürfte.«

»Das ist doch lächerlich!« fuhr Willie auf. »Der Mann hat *wirklich* versucht, mir das verdammte Geld zu stehlen!«
»Und warum haben Sie soviel Geld mit sich herumgeschleppt?«
»Meine Schwester braucht es.«
»Wozu?«
»Meine Schwester heißt Mary Shakespeare und ...«
»Wir sind nicht an Ihren Familienangelegenheiten interessiert«, unterbrach Bozzaris ihn.
»Meine Schwester geht nach San Francisco, um dort eine Demonstration zu organisieren.«
»Wogegen?«
»Gegen die Arbeitsbedingungen«, sagte Willie, »die, wie Sie wissen, überall katastrophal sind. Es kostet einen Haufen Geld, eine Demonstration zu organisieren – und so erbot ich mich, ihr meine mageren Ersparnisse zu leihen.«
»Das ist doch gequirlte Scheiße«, stellte Bozzaris lapidar fest, »wenn Sie mir diesen Kraftausdruck verzeihen wollen.«
»Es ist die reine Wahrheit!«
»Also noch mal von vorn: Warum haben Sie zehntausend Dollar von der Bank geholt?«
»Es hat jedenfalls nicht das Geringste mit dem Kartenspiel zu tun«, beteuerte Willie.
Bozzaris horchte auf. »Mit welchem Kartenspiel?«
»Vergessen Sie dann alles über das Verfahren wegen tätlichen Angriffs, das sowieso konstruiert ist, da ich um ein Haar das Opfer eines Raubüberfalls geworden wäre?«
»Ich bin nicht befugt, irgendwelche Versprechungen zu machen«, sagte Bozzaris.
»In diesem Fall bin ich meinerseits nicht befugt, Ihnen Informationen über das Kartenspiel zu geben.«
»Welches Kartenspiel?« fragte Bozzaris.

»Ja, welches Kartenspiel?« stellte Willie sich dumm.
»Das Kartenspiel«, sagte Bozzaris, »über das Sie angeblich Informationen haben. Falls diese Informationen sich als wertvoll für mich erweisen sollten – was ich allerdings bezweifle –, könnte ich mich möglicherweise dazu durchringen, zu vergessen, daß Sie einen Mann zusammengeschlagen haben. Natürlich vorausgesetzt, dieser Mann erliegt im Krankenhaus nicht seinen Verletzungen. In diesem Fall hätten wir es mit Totschlag zu tun.«
»Kann ich dann gehen?« fragte Willie.
»Erzählen Sie mir von dem Kartenspiel«, sagte Bozzaris.
»Was möchten Sie denn gerne wissen?«
»Wann findet es statt?«
»Heute abend. Punkt acht.«
»Wo?«
»Bei Celia Mescolata.«
»Siebzehn und Vier?«
»Poker.«
»Einsätze?«
»Sehr hoch.«
»Wieviele Spieler?«
»Sechs.«
»Mmmm«, machte Bozzaris.

Irgendwoher kam Musik.
Sie waren nach dem Abendessen die Via Quisisana hinuntergeschlendert und hatten sich für einen Drink auf die Piazetta gesetzt. Und jetzt lagen sie im Bett, und Stella versuchte einzuschlafen. Durch die geöffneten Fenster drangen die Gitarrenklänge, irgend jemand sang dazu – über unerfüllte Liebe, nahm Stella an. Die Tatsache, daß Carmine neben ihr schnarchte, erwies sich auch nicht gerade als einschläfernd.

»Carmine?« sagte sie.
»Mrmm.«
»Schläfst du?«
»Jaaa.«
»Carmine?«
»Mrmm.«
»Ich möchte mit dir reden.«
»Ich habe dir doch gesagt, ich schlafe.«
»Carmine – ich habe das Gefühl, daß Klein-Lewis etwas zugestoßen ist.«
»Klein-Lewis ist überhaupt nichts zugestoßen. Schlaf jetzt.«
»Woher willst du wissen, daß ihm nichts passiert ist?«
»Nanny weiß doch schließlich, wo wir sind. Sie würde sich doch sofort melden, wenn etwas nicht in Ordnung wäre – und sie hat nicht angerufen. Deshalb weiß ich es.«
»Trotzdem...«
»Gib Ruhe, Stella.«
»Na gut, Carmine. Gute Nacht, Carmine.«
»Gute Nacht, Stella.«
Stella hörte dem Sänger zu. Sie wünschte, sie hätte den Text des Liedes verstanden. Vor dreißig Jahren, als Carmine sie gebeten hatte, seine Frau zu werden, hatte sie ihm geantwortet: »Aber ich kann nicht italienisch, Carmine.«
»Was hat denn das mit Liebe zu tun?« hatte er gefragt.
»Und was wäre, wenn wir mit ein paar Freunden von dir ausgingen und sie anfingen, italienisch zu sprechen?«
»Das würde ich sofort unterbinden.«
»Aber warum sollten sie dir gehorchen?«
»Sie würden es«, versicherte er, und sein begleitendes Kopfnicken hatte sie sofort überzeugt. Und Carmine, der übrigens zwanzig Jahre älter war als sie, hielt Wort. Wann immer einer

seiner Freunde anfing, italienisch zu sprechen, rief er ihn sofort zur Ordnung. Und so kam es, daß Stella immer noch nicht italienisch konnte. Normalerweise machte ihr das nicht das geringste aus, aber in einer Nacht wie dieser war das anders – sie hatte Heimweh, ein Gitarrenspieler sang ein wehmütiges Lied, und sie verstand den Text nicht.

»Carmine?« sagte sie.

»Mrmm.«

»Carmine – ich habe Heimweh.«

»Wir fliegen ja Ende des Monats wieder nach Hause. Schlaf jetzt.«

»Carmine – hast du kein Heimweh?«

»Nein.«

»Vermißt du denn Klein-Lewis nicht?«

»Doch – aber ich habe kein Heimweh.«

»Vermißt du denn das Haus nicht?«

»Nur die Dunkelkammer«, sagte er. »Schlaf jetzt endlich.«

Mario Azzeca lebte in der Sutton Place South in einem Apartmenthaus mit zwei Portiers. Sie hatten dafür zu sorgen, daß keiner der Hausbewohner im Schlaf bestohlen oder im Lift überfallen wurde. Und den Lift bediente ein dritter Mann – es war wirklich alles getan, diese Bastion bei Tag und Nacht gegen kriminelle Unbilden zu schützen. Um zwanzig nach acht kam Paulie Secondo mit fünfzigtausend Dollar in bar und einem Flugticket nach Neapel via Rom in besagtem Haus an. Er wurde von einem der Portiers avisiert und gebeten, sich unverzüglich nach oben zu begeben. »Der Lift ist gleich links, Sir, siebter Stock, Apartment 7g, *g* wie *G*eorge.

Mario Azzeca saß in seinem Wohnzimmer und wartete darauf, daß der Delacorte-Brunnen ansprang. Dies geschah jeden Abend Punkt halb neun – ein Wasserstrahl schoß etwa dreißig Meter hoch in die Luft und wurde erst um zehn wieder abgedreht. Von seinem Platz aus konnte Azzeca über den East River bis zur Südspitze von Welfare Island sehen, wo Delacorte den Brunnen für geschätzte dreihunderttausend Dollar gebaut hatte. Es ging das Gerücht, daß sich die Betriebskosten des Brunnens jährlich auf fünfundzwanzigtausend Dollar beliefen und daß er allein zur Zerstreuung der Abgesandten der Vereinten Nationen errichtet worden sei, aber Mario Azzeca war davon durchdrungen, daß er ausschließlich zu seiner Unterhaltung erbaut worden war. Er konnte stundenlang dasitzen und das Schauspiel beobachten – es war noch interessanter als der Verkehr auf der Queensboro Bridge, der zugegebenermaßen auch seine Faszination hatte. Azzeca war leicht verstimmt, daß Paulie Secondo ausgerechnet kurz vor dem beginnenden Wasserspiel kam.

»Haben Sie das Geld?« fragte er ziemlich unfreundlich.

»Ja«, nickte Paulie. Paulies ausgeprägter italienischer Akzent war irgendwie irritierend. Azzeca war selbst Italiener und hatte nichts dagegen, mit anderen Italienern zu verhandeln, aber solch schmierige Typen verabscheute er – es sei denn, sie waren hohe Tiere in der Organisation, was auf Paulie zufällig zutraf. Und bei dem Gedanken an die Hierarchie überlegte Azzeca, wobei er immer mit einem Auge zu seinem geliebten Brunnen hinschielte, es sei vielleicht angebracht, etwas freundlicher zu sein.

»Es tut mir leid, daß wir Ihnen all diese Ungelegenheiten machen mußten, Paulie«, sagte er verbindlich. »Aber Ganooch braucht das Geld sofort.«

»Ist schon in Ordnung«, winkte Paulie ab. »Hat er Ihnen gesagt, wozu er es braucht?«

»Nein.«

Paulie zuckte die Achseln. »Ist ja auch egal. Er will das Geld und er kriegt das Geld.«
»Jetzt geht er los«, sagte Azzeca und schaute auf seine Uhr.
»Was?«
»Der Brunnen.«
»Aha«, sagte Paulie und spähte in die Dunkelheit hinaus. »Nett«, lobte er ohne Begeisterung und wandte sich ab. Er griff in seine Jackettasche und warf einen dicken Briefumschlag auf die Glasplatte des Couchtisches. »Fünfzigtausend«, verkündete er. »In Hundertdollarscheinen. Okay?«
»Großartig«, sagte Azzeca.
Paulie warf den Umschlag der Fluggesellschaft daneben. »Ein Ticket New York–Rom, Rom–Neapel«, sagte er. »Und zurück.«
»Welche Fluggesellschaft?« fragte Azzeca.
Paulie hob die Augenbrauen. »Na, welche wohl?«
»Wen sollen wir schicken?« fragte Azzeca.
»Das ist schon erledigt«, sagte Paulie.
»Wie meinen Sie das?«
»Auf dem Ticket muß man einen Namen angeben.«
»Und wer fliegt?«
»Ein kleines Licht. Wenn was schiefgeht, soll nichts auf uns hindeuten, *capisce?*«
»Ja, natürlich.«
»Lassen Sie ihm das Geld und das Ticket zukommen und sagen Sie ihm, er soll sich für die ALITALIA-Maschine morgen abend um zehn bereithalten. Samstag um zwei Uhr mittags wird er in Neapel am Flugplatz erwartet.« Paulie sah wieder aus dem Fenster. »Wie lange schießt das Ding da Wasser in die Luft?« fragte er.
»Bis zehn.«

»Es sieht aus, als ob jemand auf dem Rücken liegt und in die Luft pinkelt«, stellte Paulie prosaisch fest.

Azzeca nahm das Couvert der Fluggesellschaft vom Tisch, zog das Ticket heraus und schaute auf den Namen des angegebenen Passagiers. »Ah, ja«, sagte er. »Benny Napkins.«

10. Der Trottel

Carmine Ganucci konnte nicht mehr einschlafen.

Je länger er über das Geschäft nachdachte, das Truffatore und Ladruncolo ihm vorgeschlagen hatten, um so weniger gefiel es ihm. Zunächst einmal war der Profit trotz seines trickreichen Manövers sehr gering: Bei einem Einsatz von fünfzigtausend würde er einen Gewinn von dreißigtausend machen, wenn die Goldmedaillons in New York ankamen. *Wenn* sie ankamen! Und *wenn* sie wirklich aus Gold waren! Denn wenn sie es nicht waren, dann würde er fünfzig Riesen verlieren und außerdem auch noch ein Großreinemachen in Neapel veranstalten müssen, was bedeutete, daß er dazu fremde Leute anheuern müßte, was er gar nicht schätzte. Aber selbst wenn die Medaillons wirklich aus versilbertem Gold waren und sogar, wenn sie wirklich in New York ankamen, mußte er sie trotzdem erst einschmelzen und dann das Gold loswerden, was doch wohl eher eine Aufgabe für einen Juwelier war als für einen respektablen Geschäftsmann. Wenn er dieselbe Summe verlieh, gewann er zwanzig Prozent Zinsen pro Woche, und nach vier Wochen hatte er vierzigtausend Dollar Profit beieinander – zehntausend mehr, als dieser Neapel-Handel ihm einbringen würde. Und es war viel angenehmer, mit Leuten in New York Geschäfte zu machen, denen man, sollten sie das Geld nicht zurückzahlen oder sollte sonst etwas schief laufen, jederzeit auf die Sprünge helfen konnte. Und falls diese beiden Schwachköpfe mit ihrem Heroinschmuggel aufflogen und die Polizei im Verlauf ihrer Untersuchung feststellte, daß Carmine Ganucci für die ganze Transaktion verantwortlich war, da er die fünfzig Riesen aufgebracht hatte, die den Handel ermöglichten, dann würde er plötzlich mit einer internationalen Rauschgift-Schmuggel-Affaire in Verbindung gebracht. Wundervoll! Und außerdem – würde es Höheren Orts vielleicht als Sünde angesehen, Medaillons der Jungfrau Maria einzuschmelzen?

Die ganze Sache war faul.

»Carmine?« sagte Stella.

»Was ist?«

»Schläfst du?«

»Nein.«

»Was machst du?«

»Ich denke nach.«

»Du denkst nach?« fragte Stella.

»Ja. Ich muß morgen früh gleich ein Telegramm losschicken. Mein Gott«, stöhnte er, »diese Sache kostet mich noch ein Vermögen.«

»Was für ein Telegramm?« fragte Stella.

»An meine Anwälte. Sie sollen die ganze Sache vergessen.«

»Welche Sache?«

»Die Betonung liegt nicht auf *Sache*, sondern auf *vergessen«*, belehrte Ganucci sie. »Und außerdem müssen wir uns mit einem Reisebüro in Verbindung setzen.«

»Warum denn das?«

»Weil mir Capri zum Hals heraushängt und ich nach Hause möchte und es gar nicht abwarten kann, die Bilder zu entwickeln, die ich gemacht habe.«

Stella hielt einen Augenblick den Atem an und fragte dann mit vor Freude ganz kleiner Stimme: »Wann fliegen wir, Carmine?«

»Morgen«, sagte er.

Die Nacht war schwül.
Überall saßen Frauen in kurzärmeligen Blusen oder Kleidern auf den Stufen vor ihren Häusern und unterhielten sich über die Möglichkeit eines Platzregens, während in der Pizzeria an der Ecke die Kellner in Hemdsärmeln knobelten, wer ein Bier trinken gehen durfte.
Über der Pizzeria, in Celia Mescolatas Küche, war Benny Napkins dabei, ein Vermögen zu gewinnen, und wünschte inständig, daß Der Trottel von einem Bus überfahren würde. Allein die Tatsache, gegen so hervorragende Spieler wie Celia und die Männer in ihrer Küche zu gewinnen, war schwindelerregend... Obwohl man im allerletzten Moment einen Ersatz für Willie hatte finden müssen, der einfach nicht aufgetaucht war – was wirklich ein Jammer war, denn Willie war als ausgesprochen gerissener Spieler und als Erfinder des Hong-Kong-Cut bekannt – waren Celia und diese vier Männer eine so erstklassige Sammlung von Pokerspielern, wie Benny sie kaum je erlebt hatte. Sie spielten mit fast schon religiösem Ernst und waren bereit, gegebenenfalls enorme Verluste mit Würde zu tragen.
Sogar Celia, die das Spiel nur widerstrebend organisiert hatte – und jetzt genauso schwer verlor wie die Männer –, schien es zu genießen. An sich spielte Celia lieber Siebzehn und Vier – sie hatte Benny an diesem Nachmittag erklärt, daß Poker ihrer Meinung nach immer ein Verlustspiel sei. Ihren Berechnungen nach (und sie hatte viel Zeit mit diesen Berechnungen zugebracht, obwohl sie in der Julia Richman High School, die sie als Mädchen besucht hatte, im Rechnen eine wahre Katastrophe war) lag bei Siebzehn und Vier der Vorteil immer beim Kartengeber. Celia hatte ganz genau ausgerechnet, daß unter Berücksichtigung der allerungünstigsten Gegebenheiten die Chancen für den Kartengeber bei sechs Prozent lagen.

Das war mehr, als man bei den meisten Wertpapieren herausschlagen konnte. Und deshalb mochte sie Siebzehn und Vier. Bei den wenigen Gelegenheiten, wenn in ihrer Küche gepokert wurde, hatte sie bei jedem Spiel zehn Prozent vom Einsatz kassiert, was einem unbedarften Beobachter vielleicht höher als sechs Prozent erschienen wäre. Aber Celia hatte geschätzt, daß sie in der Zeit, die eine Runde Poker dauerte, sechs Runden Siebzehn und Vier durchziehen konnte. Und wenn sie ihre sechs Prozent mit sechs multiplizierte, war sie bei sechsunddreißig gegen zehn Prozent Kürzung des Pokereinsatzes. Jedenfalls hatte sie sich das so ausgerechnet. Aber sie zog Siebzehn und Vier eindeutig vor.

Doch Benny Napkins hatte sie davon überzeugt, daß es diesmal keine Pfennigfuchserei werden würde. Er bat sie, fünf Spieler aufzutreiben, die bereit waren, in einem guten, altmodischen Pokerspiel jeweils zehntausend Dollar zu riskieren. Celia brauchte erstaunlich wenig Zeit, um sich auszurechnen, daß sechs mal zehntausend sechzigtausend war, und daß ihr Anteil an der eingesetzten Summe sechstausend Dollar betragen würde. Selbst für den Fall, daß sie beschloß, mitzuspielen (was sie getan hatte) und selbst, wenn sie ihren gesamten Einsatz verlieren sollte (was sie allerdings nicht hoffte), beliefe sich ihr Verlust nicht auf mehr als viertausend Dollar. Und diese Möglichkeit stand gegen die Chance, fünfzigtausend zu gewinnen! Wenn sie das durchrechnete, kam sie auf eine Chance von zwölfeinhalb zu eins für sich, was nicht so gut war wie sechsunddreißig nach ihrer Berechnung, der sie die Siebzehn-und-Vier-Runden zugrunde legte – aber andererseits um einiges besser als ihre beim Poker üblichen zehn Prozent. Jedenfalls waren dies Celias Überlegungen.

Währenddessen war Benny Napkins dabei zu gewinnen. Es war fünf vor zehn, und er gewann immer noch. Jeder Spieler hatte zu Beginn des Spieles ein Zehntausend-Dollar-Bündel vor sich auf den Tisch gelegt. Natürlich hatte niemand die einzelnen Bündel nachgezählt, aber Benny nahm an, daß die anderen Spieler etwas ehrlicher waren als er und demzufolge den Einstiegspreis mitgebracht hatten, den Celia Mescolata ihnen genannt hatte. Er ließ seine Augen über den Tisch wandern, während Ricco Locare, der Ersatzmann für Willie, die Karten austeilte. Benny schätzte, daß er rund dreißigtausend Dollar in verschiedenen Werten vor sich liegen hatte, die Bündel der anderen Spieler waren sichtbar geschrumpft.

Es war drei Minuten vor zehn, und Ricco forderte Celia auf, ihr As anzusagen.

O bitte, bitte, dachte Benny, wenn es einen Gott im Himmel gibt, bitte, bitte, laß Den Trottel sich ein Bein brechen.

»Hundert für das As«, sagte Celia.

»Ich gehe mit«, sagte Morrie Goldstein.

»Benny?«

»Und noch hundert dazu«, sagte Benny.

»Was hast du denn in der Hand – ein lausiges Paar Buben?« fragte Celia mit einem Blick auf den offen liegenden Karobuben.

»Mit der nächsten Karte sind es dann drei«, grinste Benny.

Es war zwei vor zehn.

»Zweihundert für dich, Angie«, sagte Ricco.

»Ich will sehen.«

»Ich versuch's auch«, sagte Ricco, setzte und wandte sich dann an den Spieler, der links von ihm saß. »Wie ist es mit dir, Ralph?«

»Ach, was soll's«, sagte Ralph und legte zweihundert in den Pott.

»Na, dann los«, sagte Ricco und fing an, auszuteilen.

Er gab Benny seinen dritten Buben genau in dem Augenblick,

als die Zeiger von Celias Küchenuhr die volle Stunde erreichten. Benny schloß die Augen, öffnete sie jedoch sofort wieder, als plötzlich die Küchentür eingetreten wurde. Ein hochgewachsener, dürrer Mann mit einem Nylonstrumpf über dem Kopf (anders geht's wohl nicht, dachte Benny und seufzte) und einem idiotischen weißen Hut, den er tief ins Gesicht gezogen hatte, stürmte mit gezogener 45er Automatik in den Raum und bellte: »Keine Bewegung!« Niemand bewegte sich. Sie hüteten sich alle, denn bis auf Celia hatten alle Teilnehmer der Pokerrunde ihrerseits schon gelegentlich eine Waffe auf jemanden gerichtet und wußten daher, daß es unter solchen Gegebenheiten klug war, sich nicht zu rühren. Also ging der hochgewachsene, dürre Mann unbehelligt um den Tisch und räumte all das Geld, das darauf lag – exakt zweiundfünfzigtausend Dollar, da wider Erwarten einige der Spieler doch nicht ganz so ehrlich gewesen waren, wie Benny angenommen hatte, und weniger mitgebracht hatten als den geforderten Einsatz – in eine Plastiktüte und zog sich dann mit immer noch gezückter Waffe zur Tür zurück.
Gleich darauf fiel die Tür hinter ihm ins Schloß.
Benny Napkins wäre am liebsten in Tränen ausgebrochen.

Detective Lieutenant Alexander Bozzaris war auf dem Weg zu Celia Mescolatas Wohnung, wo er die Pokerrunde zu sprengen beabsichtigte – falls die Spieler sich nicht bereit erklärten, eine kleine Spende für seine Pensionskasse zu stiften – als er einen großen, dürren Kerl auf sich zurennen sah. Der Bursche hatte einen Nylonstrumpf über dem Kopf und eine Plastiktüte in der Hand. Es sah so aus, als ob aus der Tüte ein paar Dollarscheine heraushingen. Bozzaris schloß messerscharf, daß da etwas faul war.
»Halt!« brüllte er. »Polizei!«

11. Dominick der Guru

Dominick trug ein kariertes Hemd, Blue Jeans, Baumwollhandschuhe und schwarze Turnschuhe – seine übliche Arbeitskleidung. In der rechten Hand hatte er eine schwarze Ledertasche, die sein Arbeitswerkzeug enthielt: einen Handbohrer und Einsätze verschiedener Größe, ein Stemmeisen, einen kompletten Satz Dietriche, einige Locheisen und Nachschlüssel, eine Kneifzange, eine Eisensäge, und eine in drei Teile zerlegbare Brechstange. Über der linken Schulter trug er einen Wäschesack mit verschiedenen Gegenständen, die er in dieser Nacht bereits erbeutet hatte. Das Gewicht der Tasche und des Sacks machte es etwas schwierig, die Feuerleiter an der Rückwand des Gebäudes hinaufzuklettern, aber schließlich hat jeder Beruf seine Schattenseiten.
Dominick hatte das Haus drei Wochen lang beobachtet und schließlich beschlossen, daß die Nacht von Donnerstag auf Freitag eine gute Nacht für einen Bruch sei. Donnerstagabend hatten die Dienstmädchen frei, was bedeutete, daß viele Mieter zum Essen ausgingen und demzufolge ihre Wohnungen für geraume Zeit leer standen – Dominick war ein sorgfältiger Arbeiter und schätzte es gar nicht, unerwartet bei seiner Tätigkeit unterbrochen zu werden. Es war kurz nach halb elf, er hatte bereits drei Wohnungen abgegrast und überlegte, ob er vielleicht für heute Schluß machen sollte – aber er war zu unternehmungslustig (es war interessant, wie Einbrüche die Stimmung heben konnten), und so beschloß er, sich noch eine Wohnung vorzunehmen, bevor er sich aufs Ohr legte. Er entschied sich für ein Apartment im zehnten Stock – die Feuerleiter lief genau an einem der Fenster vorbei. Das

dahinterliegende, dunkle Zimmer hatte offensichtlich keine Klimaanlage; das Fenster stand weit offen – die Leute wohnten anscheinend noch nicht lange in New York.
Dominick kauerte eine ganze Weile auf der Feuerleiter und spähte in den Raum. Die Tür, die zu den anderen Räumen führte, war zu – er konnte also nicht feststellen, ob die ganze Wohnung leer war oder nicht. Aber er hörte kein Geräusch, und es schien auch kein Lichtschimmer unter der Tür hindurch. Schließlich ließ er sich in das Zimmer gleiten und durchquerte es lautlos. Dann legte er ein Ohr an die Tür, aber es war absolut nichts zu hören. Er nickte zufrieden, machte seine kleine Taschenlampe an und sah sich in dem Zimmer um.
Es war ein Schlafzimmer. Allerdings dummerweise nicht das Hauptschlafzimmer. An einer Wand stand ein schmales Bett, über dem ein wertloser Druck hing. An der Wand gegenüber stand eine Kommode mit einem Wecker darauf. Ebenfalls wertlos. Neben einem Schrank standen ein Sessel und ein Sofa. Dominick öffnete die Schranktür und leuchtete hinein: drei leere Drahtbügel hingen einsam an der Stange. Na, großartig. In dem Fach über der Stange lagen ein grauer Herrenhut und ein Fischkorb. Er war gerade auf dem Weg zur Tür, um den Rest der Wohnung zu inspizieren, als er draußen auf dem Flur Stimmen hörte. Er kroch schnell in den Schrank und hatte gerade die Tür zugezogen, als das Licht im Zimmer anging.
»Warum kann ich nicht aufbleiben und mir die Johnny-Carson-Show ansehen?« maulte die Stimme eines Jungen.
»Weil es Zeit zum Schlafen ist«, antwortete die Stimme einer Frau.
»Meine Mutter läßt mich immer bis um zwölf auf«, beschwerte sich der Junge.

»Das ist eine Lüge. Und außerdem ist deine Mutter nicht hier.«
»Aber es stimmt! Ich schwör's!«
Blödes Geschwafel, dachte Dominick.
»Kann ich ein Glas Milch haben?« fragte der Junge.
»Du hast schon eins getrunken«, antwortete die Frau.
Na los, dachte Dominick, schaff den Bengel endlich ins Bett.
»Ich möchte, daß du jetzt betest und dann schläfst«, sagte die Frau.
Es folgten schwer definierbare Geräusche – wahrscheinlich schlurfte der Junge zum Bett und kniete sich hin, um zu beten.
Mann, muß das sein, dachte Dominick.
»Müde bin ich, geh' zur Ruh, schließe beide Augen zu«, leierte der Junge, »Vater laß die Augen dein über meinem Bette sein. Und beschütze Mama und Papa.«
Dominick zuckte die Achseln. Gleich darauf quietschten Sprungfedern – das Kind kletterte ins Bett.
»Gute Nacht«, sagte die Frau.
»Gute Nacht«, antwortete der Junge.
Die Frau ging zur Tür.
»Ich habe vergessen, meine Uhr abzumachen«, sagte der Junge. »Ich mag es nicht, wenn sie mir beim Schlafen immer ins Ohr tickt.«
Großartig, dachte Dominick, dann mach' sie ab und gib ihr einen Abschiedskuß.
Füße tappten vom Bett zur Kommode. Füße tappten zurück zum Bett. Wieder quietschten Sprungfedern.
»Gute Nacht, Ida.«
Das hatten wir doch schon, dachte Dominick.
»Gute Nacht, Lewis«, sagte die Frau.

Klick. Das Licht ging aus. Der schmale helle Streifen unter der Schranktür verschwand. Die Zimmertür wurde leise geschlossen. Stille. Dominick wartete in der Dunkelheit und dachte, wieviel angenehmer es jetzt wäre, mit Virginia im Bett zu liegen anstatt in diesem verdammten Schrank zu hocken. Aber vielleicht hatte wenigstens die Uhr einen Wert.
Er wartete mindestens eine halbe Stunde, dann schob er die Schranktür einen Spalt breit auf und horchte: Der Junge atmete ruhig und gleichmäßig. Er öffnete die Tür ein bißchen weiter, horchte weitere fünf Minuten und beschloß dann, sein Glück zu versuchen. Auf Zehenspitzen schlich er durch das Zimmer, tastete mit der Hand über die Kommode und steckte die Uhr, ohne sie auch nur anzuschauen, in eine Tasche seiner Jeans. Gleich darauf stand er auf der Feuerleiter – den Wäschesack über der Schulter und seine Werkzeugtasche fest in der rechten Hand. Er sah die Uhr erst an, als er zehn Minuten vor Mitternacht in seiner Wohnung ankam. Er gähnte ausgiebig, schob die Uhr wieder in die Tasche und ging schlafen.

12. Freddie

Mario Azzecas Bote war ein Mann namens Freddie Corriere. Er war um halb zehn in die Wohnung am Sutton Place bestellt worden, hatte seine Instruktionen von dem Anwalt bekommen und war sofort zu Benny Napkins' Wohnung in der Twenty-fourth Street aufgebrochen. Weder Benny noch Jeanette Kay waren zu Hause, also ging Freddie runter und rief von einer Telefonzelle an der Ecke Azzeca an, um sich weitere Instruktionen von ihm zu holen. Azzeca sagte ihm, er solle es immer wieder versuchen – wenn es sein müßte, die ganze Nacht.

Um halb eins war Freddie weitere viermal vor der Wohnung gewesen. Benny wohnte im fünften Stock eines Hauses, in dem es keinen Lift gab – fünfmal im Laufe von zweieinhalb Stunden fünf Stockwerke rauf und wieder runter zu laufen, kann einen Mann ganz schön durstig machen. Glücklicherweise gab es in der Twenty-fifth Street eine Bar, so daß Freddie – zwischen seinen Besuchen an Bennys Wohnungstür – eine angenehme Atmosphäre genoß. Um halb eins hatte er sechs Whisky und eine Flasche Bier intus. Er hatte ein weiteres Bier bestellt und beschlossen, um eins wieder zu Bennys Wohnung hinaufzuklettern – sobald er das zweite Bier ausgetrunken hatte.

Und genau da kam Sarah in die Bar.

Freddie kannte Sarah aus der Zeit, als sie noch in der Forty-ninth Street für Bobby Mezzano gearbeitet hatte. Sie war ein großes, schwarzes Mädchen mit krausem Haar, blendend weißen Zähnen und sehr hübschen Brüsten. Sie trug ein enganliegendes Seidenjerseykleid, und da es Sommer war – und

es außerdem zu ihrem Beruf gehörte –, hatte sie nichts darunter. Was Freddie auf den ersten Blick sah.
»Hallo, Sarah«, sagte er. »Was machst du denn in diesem Teil der Stadt?«
»Wer will das wissen?« fragte Sarah und spähte in die Dunkelheit, wo Freddie am Ende der Theke saß und an seinem Bier nippte.
»Ich«, sagte Freddie. »Freddie Corriere.«
»Ach, hallo Freddie«, strahlte sie und kam auf ihn zu. »Spendierst du mir 'n Drink?«
»Klar«, nickte Freddie und schnippte mit den Fingern nach dem Barkeeper. »Was hättest du denn gern?«
»Das ist eigentlich die Frage, die *ich* stellen sollte«, sagte Sarah und lachte.
»Oh«, sagte Freddie und lachte auch – er hatte den Witz zwar nicht ganz begriffen, aber das machte nichts. »Was möchtest du trinken?«
»Einen Vermouth Cassis«, sagte Sarah.
»Wirklich?« fragte Freddie.
»Was soll's sein?« fragte der Barkeeper.
»Einen Vermouth Cassis«, wiederholte Sarah.
Der Barkeeper sah sie einen Augenblick lang mißmutig an, schüttelte den Kopf und entfernte sich dann, um den Drink zu mixen.
»So was hab' ich noch nie getrunken«, sagte Freddie. »Einen Vermouth Cassis, meine ich.«
»Schmeckt riesig«, sagte Sarah. »Solltest du mal probieren. Ich laß dich kosten, wenn meiner kommt, okay?«
»Ja«, sagte Freddie und warf einen Blick auf die Uhr an der Wand. »Was machst du denn hier?« fragte er. »Ich dachte, du arbeitest im Villenviertel.«
»Ich bin überall da, wo es Arbeit für mich gibt«, erklärte Sarah.

»Wirklich?« sagte Freddie.
»Ja«, nickte Sarah.
»Ein Vermouth Cassis«, verkündete der Barkeeper. »Allerdings ohne Cassis – wir haben nämlich keinen.«
»Was ist denn Cassis überhaupt?« wollte Freddie wissen.
»Ein Likör«, sagte Sarah.
»Wirklich?«
»Ja«, sagte der Barkeeper, »aber wir haben keinen.« Er musterte Sarah wieder mißmutig und ging dann ans andere Ende der Bar, um weiter fernzusehen.
»Heute abend klappt wohl überhaupt nichts«, seufzte Sarah und hob ihr Glas. »Prost.«
»Salute«, sagte Freddie. Das war eins der zwei italienischen Worte, die er konnte. Das andere war *Vanapoli*, was an sich drei Worte waren, aber das wußte Freddie nicht. »Was ist denn heute abend sonst noch schiefgegangen?« fragte er.
»Alles«, klagte Sarah, nahm einen Schluck Vermouth, stellte das Glas hin und zündete sich eine Zigarette an. »Ich sollte hier um Mitternacht einen Knaben treffen – er ist nicht gekommen.«
»Nein?« fragte Freddie.
»Nein«, sagte Sarah.
»Ich kann nicht verstehen, wie man dich versetzen kann, Sarah – ein so hübsches Mädchen wie dich.«
»Aber es ist so, Schätzchen«, sagte Sarah und blies eine Rauchwolke aus. Dann hob sie wieder ihr Glas. »Und es ist besonders ärgerlich, weil ich das Zimmer schon bezahlt habe.«
»Wirklich?« sagte Freddie und sah wieder auf die Wanduhr: Es war zehn vor eins.
»Ja«, sagte Sarah. »Ach verdammt«, sie nahm noch einen

Schluck, »was mich so ärgert ist, daß das Zimmer jetzt die ganze Nacht leersteht.«
»Wo *ist* das Zimmer denn?« fragte Freddie.
»In der Twenty-first.«
»Wirklich?« fragte Freddie.
»Ja.«
»Das ist ja gar nicht weit von hier.«
»Es ist praktisch um die Ecke.« Sarah schlug die Beine übereinander.
»Ich muß Ecke Twenty-fourth und Third was abgeben«, sagte Freddie.
»Ja?«
»Ja – aber dann hab ich den Rest der Nacht Zeit. Wenn ich dich aufs Kreuz legen wollte«, meinte er zartfühlend, »was würde das denn kosten?«
»Naja – ich habe schon für das Zimmer bezahlt, weißt du.«
»Ja – und wieviel hat das gekostet?«
»Zwölf Dollar.«
»Wirklich?«
»Ja.«
»Und wieviel kostest du?«
»Fünfundzwanzig.«
»Wirklich?«
»Ja«, sagte Sarah.
»Das macht dann genau achtunddreißig Dollar«, stellte Freddie fest.
»Siebenunddreißig«, korrigierte Sarah.
»Zwölf und fünfundzwanzig«, rechnete Freddie laut nach, »richtig» siebenunddreißig. Das ist ja gar nicht so schlimm.«
»Nein, das ist wirklich nicht schlimm. Ein paar von den Mädchen kriegen viel mehr.«
»Wirklich? Na dann – sag' mal, hast du Lust, mich in die

Twenty-fourth zu begleiten? Ich erledige meinen Auftrag und dann gehen wir in das Zimmer, okay?«

»Das hört sich gut an«, fand Sarah.

Freddie bezahlte die Drinks, und dann gingen sie gemeinsam zur Twenty-fourth Street. Sarah wartete unten, während er wieder einmal die fünf Stockwerke hinaufkeuchte. Es war niemand zu Hause. Als er wieder unten war, zitterten ihm die Knie. Sarah lehnte rauchend an der Hauswand.

»Alles erledigt?« fragte sie.

»Nein – es ist immer noch niemand da«, sagte er.

»Naja – du kannst es ja später noch mal probieren, hm?«

»Ja«, nickte Freddie. »Ich habe es doch wirklich versucht, oder?«

»Klar hast du das«, bestätigte sie. »Und jetzt versuchst du mal bei mir dein Glück, okay?«

»Ja«, sagte Freddie.

Sie gingen Arm in Arm davon. Zehn Minuten später fuhr Benny Napkins mit Jeanette Kay, die er vom Kino abgeholt hatte, in einem Taxi vor. Jeanette Kay hatte es eilig, nach oben zu kommen, denn auf Kanal Fünf gab es *Crime of Passion* mit Barbara Stanwyck und Sterling Hayden.

Der Trottel weigerte sich, seinen Strumpf auszuziehen.

»Das ist eine Maske«, sagte Bozzaris, »und es ist gesetzwidrig, eine Maske zu tragen.«

»Es ist keine Maske, es ist ein Kleidungsstück.«

»Das mag ja sein«, gab Bozzaris zu, »aber in Ihrem Fall ist es eine Maske.«

»Es ist ein Strumpf«, sagte Der Trottel.

»Wenn man es über den Kopf zieht, ist es eine Maske.«

»Wenn Sie eine Maske über den Fuß ziehen – ist sie dann ein Strumpf?« fragte Der Trottel.

»Klugscheißer mag ich nicht«, ließ Bozzaris ihn wissen.
»Ich kenne meine Rechte«, erklärte Der Trottel, denn er war zwar nicht besonders helle, aber seine Kenntnis des Strafgesetzes war aufgrund seiner diesbezüglichen Erfahrungen recht eindrucksvoll.
»Schon möglich«, sagte Bozzaris und beschloß, ihn über seine Rechte aufzuklären, denn es war heutzutage ein beliebtes Spiel bei den Pennern, sich zu beschweren, weil dies oder das nicht genau nach Vorschrift durchgeführt worden sei. »Ich halte mich an die Entscheidung des Obersten Gerichtshofes im Fall *Miranda gegen Arizona*«, sagte er. »Und dieser Entscheidung zufolge sind wir verpflichtet, Sie über Ihre Rechte aufzuklären, und genau das tue ich jetzt.«
»Sehr lobenswert«, sagte Der Trottel gönnerhaft.
»Zunächst haben Sie einmal das Recht, die Aussage zu verweigern. Verstehen Sie das?«
»Ich habe verstanden.«
»Verstehen Sie auch, daß Sie keine Fragen der Polizei beantworten müssen?«
»Ich habe verstanden.«
»Und wissen Sie auch, daß Sie, falls Sie doch Fragen beantworten sollten, diese Antworten gegen Sie...«
»... verwendet werden können. Korrekt. Ich habe verstanden.«
»Ich muß Sie auch darüber in Kenntnis setzen, daß Sie das Recht haben, sich einen Anwalt zu nehmen – bereits vor oder während der Vernehmung. Haben Sie das auch verstanden?«
»Ja«, sagte Der Trottel, »und ich weiß auch, daß ich, falls ich von diesem Recht Gebrauch machen will, jedoch nicht die Mittel dafür habe, Anspruch auf einen Pflichtverteidiger habe – bereits vor oder während der Vernehmung.«

»Ganz richtig«, nickte Bozzaris.
»Kennen *Sie* alle *Ihre* Rechte?« fragte Der Trottel.
»Das tue ich«, nickte Bozzaris.
»Wollen *Sie* einen Anwalt?« fragte Der Trottel.
»Was?« Bozzaris blinzelte verblüfft, dann verengten sich seine Augen zu Schlitzen. »Hören Sie«, warnte er, »spielen Sie sich ja nicht schon wieder als Klugscheißer auf – der letzte Klugscheißer, den wir hier hatten, schmachtet im Verlies.«
»Ich will einen Anwalt«, erklärte Der Trottel.
»Einen bestimmten?«
»Ja.«
»Wen?«
»Mario Azzeca«, eröffnete ihm Der Trottel, und plötzlich roch Bozzaris den süßen Duft von Geld, der die abgestandene Luft des Bereitschaftsraumes erheblich auffrischte.

Azzeca lag mit seiner Frau Sybil im Bett, als um zwei Uhr morgens das Telefon klingelte. Er wußte sofort, daß Ärger im Verzug war. Zweifellos hatte man seinen Sohn in Harvard wegen Besitzes von Marihuana festgenommen, diesen Idioten.
»Hallo?« sagte er.
»Hier spricht Lieutenant Bozzaris«, sagte die Stimme am anderen Ende der Leitung. »Wir haben etwas Wichtiges miteinander zu besprechen.«
»Um zwei Uhr nachts?« fragte Azzeca.
»Wer ist denn dran?« wollte seine Frau wissen.
»Schlaf weiter«, sagte Azzeca. Und zu Bozzaris: »Bleiben Sie dran. Ich telefoniere im Arbeitszimmer weiter.« Er stieg aus dem Bett, zog seinen Morgenrock über den Schlafanzug, verließ das Schlafzimmer und ging den Korridor hinunter, an dessen Ende Sybil ihm in ihrer unermeßlichen Güte einen

Arbeitsraum von der Größe eines Besenschranks zugestanden hatte – und das in einer Zwölfzimmerwohnung. Er nahm den Hörer des Zweitapparates ab und fragte:
»Was gibt's denn so Wichtiges, Lieutenant?«
»Geld«, antwortete Bozzaris lakonisch.
»Wovon sprechen Sie denn bloß?«
»Von zirka fünfzigtausend Dollar, die sich jetzt in unserem Besitz befinden«, klärte Bozzaris ihn auf.
Der Telefonhörer in Azzecas Hand begann zu zittern.
»Und was ist damit«, fragte er mit vollendet beherrschter Stimme.
»Unsere Informationen lassen den Schluß zu, daß dieses Geld möglicherweise für einen gewissen Carmine Ganucci in Neapel gedacht war«, sagte Bozzaris, und Azzeca schloß daraus, daß der Idiot Freddie Corriere sich auf dem Weg zu Benny Napkins' Wohnung hatte erwischen lassen.
»Ihre Informationen sind falsch«, sagte Azzeca, denn warum hatte Bozzaris von »zirka« fünfzigtausend Dollar gesprochen? Corriere hatte auf den Cent genau fünfzigtausend dabei gehabt – in einem Umschlag mit einem Gummiband darum. Und eine Flugkarte nach Neapel – und zurück.
»Wie dem auch sei«, sagte Bozzaris, »ich habe nicht den Wunsch, mich in die Geschäfte einzumischen, die ihr Typen so abwickelt – solange sie nicht kriminell sind oder in böser Absicht getätigt werden. Sie erinnern sich vielleicht noch daran, daß einige meiner Kollegen vor nicht allzu langer Zeit ein paar wertlose Nummern konfiszierten, die für uns ohne jede Bedeutung waren und in keiner Weise auf ein Verbrechen hindeuteten – wir haben sie ihrem rechtmäßigen Eigentümer zurückgegeben, einem gewissen Joseph Dirigere, der aus Dankbarkeit siebentausendvierhundert Dollar für die Pensionskasse meines Reviers spendete.«

»Ja – ich erinnere mich.«
»Das dachte ich mir«, sagte Bozzaris. »Nun, dieser Fall liegt ähnlich: ich habe keine Möglichkeit festzustellen, ob es sich bei diesen Scheinen um schmutziges Geld handelt. Wenn ich es mir so ansehe, sieht es aus wie ganz normales Geld, das weder schmutzig noch sauber ist – nur kaltes, hartes Bargeld.«

Bozzaris schwieg.
»Wieviel?« fragte Azzeca.
»Soviel wie beim letzten Mal«, verlangte Bozzaris wie aus der Pistole geschossen.
»Das ist zuviel«, sagte Azzeca.
»Na schön, na schön – wer will schon feilschen, wenn es um hart arbeitende Polizisten geht? Also sagen wir runde fünftausend.«
»Lächerlich«, schnaubte Azzeca.
»Ich bin bereit zu einem Kompromiß«, bot Bozzaris an. »Dreieinhalb.«
»Zweitausend.«
»Zweieinhalb?«
»Zwei«, beharrte Azzeca. »Und keinen Cent mehr.«
»Einverstanden«, resignierte Bozzaris. »Wohin soll ich den Mann mit dem restlichen Bargeld schicken?«
»Freddie?«
»Heißt er so? Er hat uns überhaupt nichts gesagt. Und außerdem hat er einen verdammten Nylonstrumpf über dem Kopf.«
»Er war schon immer etwas spinös«, erklärte Azzeca.
»Soll ich ihn zu Ihnen rüberschicken, wenn ich die vereinbarte Summe abgezogen habe?«
»Ja – aber sagen Sie ihm, er soll das Päckchen beim Portier lassen.«

»Beim Portier? Wollen Sie denn nicht, daß er 'raufkommt?«
»Wenn er 'raufkommt, erwürge ich ihn wahrscheinlich mit bloßen Händen – hier mitten in meinem Wohnzimmer«, befürchtete Azzeca.
»Das habe ich nicht gehört«, prustete Bozzaris unterdrückt. »Es war nett, mit Ihnen zu plaudern.«
»Und schicken Sie die Flugkarte auch mit zurück«, sagte Azzeca, aber Bozzaris hatte bereits aufgelegt.

Um zwanzig vor drei summte die Gegensprechanlage. Azzeca saß in der Küche und trank ein Glas Milch. Er ging zur Wand und drückte auf die Sprechtaste.
»Ja?« sagte er.
»Mr. Azzeca, hier spricht Hymie von der Rezeption. Ich habe ein Päckchen für Sie.«
»Schicken Sie's gleich rauf«, sagte Azzeca.
»Der Mann, der es gebracht hat, sagte, es sei dringend, und jetzt wußte ich nicht, ob ich bis morgen warten sollte...«
»Ja, ja, ist schon gut. Schicken Sie's gleich rauf!«
»... oder Sie mitten in der Nacht anklingeln sollte. Soll ich es hinaufschicken?«
»Ich bitte darum«, sagte Azzeca ungeduldig.
Fünf Minuten später klopfte der Liftboy an die Tür und übergab Azzeca eine Plastiktüte. Azzeca bedankte sich bei ihm, schloß und versperrte die Tür und ging ins Wohnzimmer, wobei er sich fragte, wie das Geld von dem weißen Umschlag mit dem Gummiband darum in eine Tragtüte gekommen war. Er kippte den Inhalt der Tüte auf den Couchtisch und fragte sich, wie es kam, daß aus den Hundertdollarscheinen, die seine Wohnung verlassen hatten, plötzlich Scheine aller möglichen Werte geworden waren. Dann fing er an, das Geld zu zählen.

Und als er fertig war, fragte er sich, warum Lieutenant Bozzaris nach der ganzen Feilscherei am Telefon schließlich doch darauf verzichtet hatte, die zweitausend für die Pensionskasse abzuzweigen – es lagen genau fünfzigtausend Dollar vor ihm auf dem Tisch. Bozzaris hatte lediglich das Flugticket zurückbehalten – vielleicht wollte er eine kleine Reise machen.

Azzeca zuckte die Achseln.

Morgen würde er einen anderen Boten zu Benny Napkins schicken müssen. Azzeca rülpste, trank seine Milch aus und ging zurück ins Bett. Sein Magengeschwür grummelte.

13. Bloomingdales

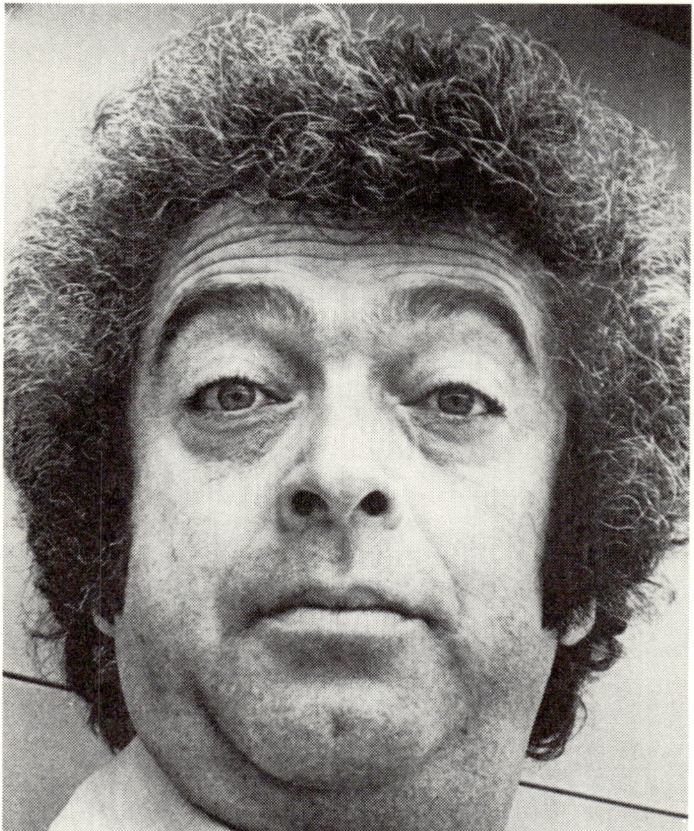

Benny Napkins schlief noch, als es am Freitagmorgen um zehn an seiner Wohnungstür klingelte. Er stand auf, wobei er sorgfältig darauf achtete, Jeanette Kay nicht zu wecken, und ging zur Tür.

»Wer ist da?« fragte er.

»Freddie Corriere.«

Benny hob die Klappe vom Spion und spähte in den Hausflur. Es war tatsächlich Freddie Corriere. Er sah erschöpft aus und dürrer als sonst, aber er war es ohne Zweifel. Benny schob die beiden Riegel zur Seite, zog den im Fußboden einrastenden Riegel hoch, entfernte die Sicherheitskette und machte die Tür auf.

»Kann ich reinkommen?« fragte Freddie.

»Klar. Aber bitte sei leise – Jeanette Kay schläft noch.«

»Wirklich?« fragte Freddie.

»Ja«, sagte Benny.

»Ich sollte dir das hier schon gestern abend vorbeibringen«, berichtete Freddie, »aber es war niemand zu Hause.«

»Ich war beim Kartenspielen«, sagte Benny, »und Jeanette Kay im Kino.«

»Aha?« sagte Freddie. »Hast du gewonnen?«

»Sozusagen.« Benny seufzte tief.

»Ich hatte gestern eine sehr interessante Nacht«, erzählte Freddie, der darauf brannte, irgend jemandem von den fabelhaften Spielchen zu erzählen, die er und Sarah getrieben hatten.

»Ich auch«, sagte Benny, »aber ich habe jetzt keine Zeit, mich darüber zu unterhalten. Ich muß mich anziehen und nach

Harlem zur Arbeit – und außerdem habe ich noch andere dringende Dinge zu erledigen.«

»Alles klar.« Freddie war enttäuscht. »Vielleicht ein andermal.«

»Was ist das?« fragte Benny mit einem Blick auf den dicken Umschlag in seiner Hand.

»Das ist von Mario Azzeca«, erklärte Freddie. »Die Instruktionen sind drin.«

»Hast du sie gelesen?«

»Traust du mir zu, daß ich etwas lese, das an dich adressiert ist?«

»Wahrscheinlich nicht«, sagte Benny.

»Und außerdem kann ich nicht lesen«, eröffnete Freddie ihm und zuckte die Achseln.

»Na – ich danke dir jedenfalls, daß du den Umschlag vorbeigebracht hast«, sagte Benny. »Ich würde dir ja eine Tasse Kaffee anbieten, aber Jeanette Kay schläft noch, und ich möchte, daß sie ausschlafen kann.«

»Ist doch klar«, sagte Freddie. »Vielleicht ein andermal. Dann können wir uns vielleicht auch über dieses Mädchen unterhalten, das letzte Nacht...«

»Ein andermal«, sagte Benny.

Freddie ging.

Benny seufzte tief, ging in die Küche und legte den Umschlag auf den Tisch. Er hatte Angst, ihn zu öffnen – wenn etwas von Mario Azzeca kam, konnte es sich nur um eine Katastrophe handeln. Er setzte Kaffeewasser auf, ließ sich am Küchentisch nieder und starrte den Umschlag an. Er war überrascht, daß Der Trottel sich nach dem gelungenen Coup letzte Nacht nicht bei ihm gemeldet hatte, aber vielleicht hatte er sich entschlossen, eine Reise nach Indien oder so zu machen. Einem Gauner konnte man eben nicht trauen – vor allem, wenn er blöd war. Wahrscheinlich hatte Der Trottel in seinem ganzen Leben noch nicht soviel Geld auf einem Haufen gesehen – man konnte sich gut vorstellen, daß es ihm zu Kopf gestiegen war. Benny sah ihn förmlich vor sich, wie er sich splitternackt auszog – bis auf den Strumpf – sich auf sein Bett legte und sich mit diesen knisternden, grünen Scheinen streichelte. Und danach hatte er wahrscheinlich eine Maschine nach Indien genommen.

Benny wünschte inständig, *er* säße in einer Maschine nach Indien. Er war doch drauf und dran gewesen, sich das Lösegeld auf legale Weise zu beschaffen – wenn Der Trottel nur nicht so ein Trottel gewesen wäre. Aber andererseits war Benny derjenige gewesen, der den Plan ausgeheckt hatte, und so konnte er jetzt dem armen Kerl nicht den Schwarzen Peter zuschieben, der nur seine Instruktionen befolgt hatte – wenn man davon absah, daß dieser *arme Kerl* ein lausiger Gauner war, der wahrscheinlich beschlossen hatte, das ganze Geld selber zu behalten. Naja, dachte Benny, wir machen alle Fehler. Wie damals in Chicago, dachte er und sah auf den Umschlag hinunter. Und er fragte sich, welchen Ärger ihm Azzeca an diesem schönen Freitagmorgen ins Haus schickte.

Das Kaffeewasser kochte. Benny holte eine Tasse und eine Untertasse aus dem Geschirrschrank und stellte beides auf den Küchentisch. Und jedesmal, wenn er an dem Umschlag vorbeikam, warf er einen verstohlenen Blick darauf – als könne er ihn dadurch zum Verschwinden bringen.

Das damals in Chicago ist doch wirklich ein sehr verständlicher Fehler gewesen, dachte Benny. Warum geben sie einem nie Gelegenheit, etwas zu vergessen? Er goß sich Kaffee ein und schaute wieder auf den Umschlag hinunter. Woher hätte er damals wissen sollen, daß der Mann, der ›Domizio's Restaurant‹ eröffnete, niemand anderer als Carmine Ganuccis

Bruder war? Benny hatte es genauso gemacht wie sonst, wenn ein neues Restaurant in Chicago eröffnet wurde: Er hatte dem Etablissement einen Besuch abgestattet und so ganz nebenbei erwähnt, daß man daran interessiert sei, den Müll abzuholen und die Tischwäsche anzuliefern. Domizio hatte gesagt: »Machen Sie, daß Sie rauskommen, Blödmann!« Also hatten ein paar von Bennys Freunden in der Nacht eine Mülltonne in das neue Fenster von Domizios Nobelrestaurant geworfen. Und das geschah Domizio wirklich recht – denn wenn ein Mann Domizio Ganucci hieß, sollte er seinen Namen nicht in Domizio Galsworthy ändern. Was war das überhaupt für ein Name für einen Mann, der ein italienisches Restaurant führte? Und noch dazu, wenn er aus der illustren Familie Ganucci stammte? Manchmal konnte Benny die Beweggründe der Leute einfach nicht begreifen. »What's in a name«, zitierte er still, »that which we call a rose by any other name would smell as sweet« und dann zuckte er die Achseln und dachte: eine Rose ist schließlich eine Rose, oder nicht? und versuchte, die positiven Aspekte der Episode zu betrachten, von denen der positivste wohl der war, daß er am nächsten Morgen nicht im ›Chicago Sanitary and Ship Canal‹ aufgewacht war.
Statt dessen war Carmine Ganucci höchstpersönlich aus New York angereist und hatte erklärt, daß er zwar glaube, daß es sich um ein Versehen gehandelt habe, daß aber das Spiegelglasfenster seinen lieben Bruder Domizio eintausendzweihundertfünfzig Dollar gekostet habe, und daß dieser Betrag Benny von seinen Prozenten am Müll- und Tischwäschegeschäft abgezogen würde – in Zukunft würde Benny allerdings keine Prozente mehr aus diesem Geschäft bekommen. Statt dessen wurde er aufgefordert, nach New York überzusiedeln, wo in East Harlem der Job eines Geldeintreibers auf ihn warte – falls Benny interessiert sei. Seine neue Position würde

ihm zwar nicht so viel einbringen, wie er es gewohnt sei, aber Benny müsse nun mal einsehen, daß Spiegelglasfenster nicht auf Bäumen wuchsen. Der ganze Vorfall entbehre zwar nicht einer gewissen Komik – aber es ginge eben nicht an, Carmine Ganuccis Bruder einschüchtern zu wollen, das verstände er doch sicher.

Und Benny verstand.

Er bedankte sich bei Ganucci für die Gelegenheit, in einer so netten Stadt wie New York arbeiten zu dürfen (vor allem in einem so netten Bezirk wie East Harlem), und dann machte er einen Spaziergang zur Thirty-first Street, schaute in den Kanal hinunter und betete zehn *Gegrüßt seist du, Maria.* Und zwar laut, um sicherzugehen, daß er auch gehört wurde.

Wir machen alle Fehler, dachte er, aber es schien ihm, als mache er in letzter Zeit mehr als sonst. Er hätte Nanny sagen sollen, daß sie sich ein *zu* kleines Rädchen ausgesucht hatte, daß die Aufgabe, Ganuccis lausigen Bengel zurückzuholen, ein paar Nummern zu groß für ihn sei. Genau das hätte er gleich zu Anfang sagen sollen. Und nachdem er das schon nicht getan hatte, hätte er sich nie so etwas Verrücktes einfallen lassen sollen wie den Überfall auf eine Kartenrunde – vor allem, wenn er gezwungen war, sich auf einen Idioten wie Den Trottel zu verlassen. Er fragte sich, wo dieser hinterlistige Schwachkopf wohl gerade war, und dann sah er wieder den unheilverkündenden Umschlag an und beschloß, ihn aufzumachen und nachzusehen, was ihn erwartete. Er hatte immer noch zweihundertsechzehn Dollar auf dem Konto, und damit käme er auf jeden Fall bis Schenectady – wenn schon nicht bis nach Hawaii oder Indien. Benny hatte eine Tante in Schenectady, die einen Kiosk hatte. Er nahm noch einen Schluck Kaffee, stellte die Tasse hin, nahm das Couvert vorsichtig in die Hand und entfernte das Gummiband. Es waren fünfzig-

tausend Dollar in dem Umschlag – in Hundertdollarnoten. Und eine Flugkarte nach Neapel – und zurück.
Und ein Brief – auf dem Papier der Anwaltskanzlei Azzeca und Garbugli geschrieben:
»Benny Napkins, steigen Sie Freitagabend um zehn in dieses Flugzeug. Fliegen Sie nach Neapel. (Vergessen Sie nicht, in Rom umzusteigen.) Übergeben Sie das Geld samstag früh in Neapel Ganuccis Boten. Bauen Sie keinen Mist. Mario Azzeca. MA/mp«
Benny las den Brief ein zweites Mal. Er zählte auch das Geld ein zweites Mal. Und er sah sich die Flugkarte ein zweites Mal an. Er hatte jetzt genau die fünfzigtausend Dollar in der Hand, die irgendein Irrer dafür verlangte, daß er Carmine Ganuccis Sohn wohlbehalten zurückgab. Das einzig Dumme war nur, daß Carmine Ganucci das Geld in Neapel haben wollte.
Zum zweiten Mal in zwölf Stunden wäre Benny Napkins am liebsten in Tränen ausgebrochen.

Der beste Hehler in der ganzen Stadt war ein Mann namens Bloomingdales. Er hatte eine Wohnung in der 116th Street, gleich hinter der Lexington Avenue, und diese Wohnung war begreiflicherweise ein Geheimtip für Gelegenheitskäufe. Die Leute kamen von weither, um die Waren zu besichtigen, die in Bloomingdales vier Zimmern ausgestellt waren. Es ging das Gerücht, es habe einmal ein gestohlener Flügel in seiner Küche gestanden, doch Dominick der Guru hatte den Steinway nie gesehen und war nicht bereit, die Geschichte nur aus Gutgläubigkeit zu akzeptieren. Aber andererseits hatte Dominick schon alle möglichen und unmöglichen Gegenstände in diesen vier vollgestopften Zimmern gesehen und war gelegentlich sogar versucht gewesen, den einen oder anderen Ge-

genstand seiner Beute einfach gegen einen der angebotenen Schätze einzutauschen. Radios, Fernsehapparate, Toaster, goldene Uhren, goldene Schreibsets, Stereoanlagen, Regenschirme, Pelzmäntel, Lampen, goldene Ketten und Ringe, Musikinstrumente, Schachfiguren und -bretter, eine Gesamtausgabe der Werke von Charles Dickens – handgebunden in Leder, Kristall, Porzellanservice, Fahrräder, Dreiräder und einmal sogar eine Honda – all das und mehr konnte man in Bloomingdales' Bazar finden, an jedem Tag der Woche einschließlich Samstag und Sonntag. Silber führte er allerdings kaum, denn diese Gegenstände gab er im allgemeinen an den Silberfuchs weiter, der ein Experte in der Wertbestimmung dieser Waren war und einen Kundenkreis belieferte, der ausschließlich an Silberbesteck, silbernen Servierplatten und anderen Silbergegenständen aller Größen und Formen interessiert war. Aber alles andere – vom kleinsten Transistor bis zum größten Waschtrockner – stand bei dem Hehler an Gelegenheitskäufen zur Wahl – zu Preisen zwischen fünf Dollar und zehn Cents bis zu dreitausend Dollar (die angeblich der Steinway gekostet haben sollte, den Dominick nie gesehen hatte), der das Risiko nicht scheute, mit dem Strafgesetz des Staates New York in Konflikt zu geraten, und zwar genau gesagt mit Paragraph 1306, der sich mit dem Ankauf, dem Verbergen oder Zurückhalten gestohlener oder unerlaubt angeeigneter Waren befaßte. Und die Diebe selbst – vom kleinen Taschendieb bis zum knallharten, bewaffneten Räuber – machten ausgesprochen gern Geschäfte mit Bloomingdales, weil er absolut ehrlich war und außerdem Spitzenpreise bezahlte für was immer sie ihm brachten. Die einzige Klage, die Dominick vorzubringen hatte, war, daß Bloomingdales sich bei jedem Zusammentreffen entsetzt über sein Äußeres ausließ.

»Warum läßt du dir nicht die Haare schneiden?« fragte Bloomingdales. »Ein netter italienischer Junge wie du!«
»Ich mag meine Haare aber so«, sagte Dominick.
»Du siehst aus wie eine Schwuchtel«, fand Bloomingdales.
»Den meisten Mädchen gefällt meine Frisur«, sagte Dominick.
»Die meisten Mädchen spinnen ja auch«, erklärte Bloomingdales. »Warum läßt du dir nicht einen netten Haarschnitt machen wie meinen?«
»Ihr Haarschnitt ist wirklich hübsch«, gab Dominick zu, »aber meine Frisur gefällt mir auch.«
»Du siehst wie eine alte Schlampe aus«, urteilte Bloomingdales.
»Viele Mädchen finden, daß ich mit dieser Frisur sehr männlich aussehe.«
»Viele Mädchen sehen selber aus wie Besen«, sagte Bloomingdales. »Du bist ein sehr guter Einbrecher – warum mußt du mit einer solchen Frisur herumlaufen?«
»Wollen Sie sich jetzt ansehen, was ich mitgebracht habe?« fragte Dominick.
»Weißt du, wer die Haare so trägt?« Bloomingdales ließ nicht locker.
»Wer?«
»Verrückte Tunten«, sagte Bloomingdales.
»Ich habe eine Menge hübscher Sachen für Sie«, kündigte Dominick an und öffnete den großen Koffer, den er bis in Bloomingdales' Wohnung heraufgeschleppt hatte. Und es waren wirklich hübsche Sachen: Frisier-Sets aus Schildpatt, ein Verlobungsring mit einem großen Diamanten, ein Radiowecker, ein goldenes Halsband, ein silbernes Teeservice...
»Silber nehme ich nicht«, erinnerte Bloomingdales Dominick.

»Ich dachte, Sie könnten es vielleicht an den Silberfuchs weitergeben. Das tun Sie doch sonst auch, oder?«

»Sonst schon – aber wir hatten eine kleine Auseinandersetzung.«

»Das tut mir aber leid«, bedauerte Dominick.

»Mmm«, sagte Bloomingdales. »Er nannte meine Schwester eine unfähige Hure.«

»Aber sie ist doch eine ausgesprochen gute Hure«, wunderte sich Dominick.

»Allerdings! Wie kommt er dazu, sie so herunterzumachen?«

»Naja – ab und zu spinnt jeder mal ein bißchen«, sagte Dominick.

»Der Silberfuchs spinnt durchgehend, wenn du mich fragst«, sagte Bloomingdales. »Auf jeden Fall nehme ich kein Silber mehr an. Das und das und das wirst du direkt zu ihm bringen müssen.«

»Und wieviel geben Sie mir für die anderen Sachen?« fragte Dominick. Bloomingdales öffnete eine Schublade in einem Aktenschrank, der an einer Wand stand – er war einer der wenigen legal erstandenen Gegenstände in der Wohnung –, holte eine Rechenmaschine hervor, die bei der Firma Goldsmith Bros. gestohlen worden war, und tippte eine Reihe Zahlen hinein und zog den Hebel. Dann studierte er die Rechnung, sah sich das Material noch einmal an, nickte, tippte wieder einige Zahlen ein, zog wieder den Hebel, sah sich die Rechnung wieder an und sagte: »Zweihundertsechs Dollar für alles zusammen – nicht eingeschlossen den Verlobungsring, den ich schätzen lassen will, bevor ich einen Preis dafür festsetze.«

»Sagen Sie mir wenigstens einen Zirkapreis«, bat Dominick.

»Vielleicht nochmal zwei Scheine – ich werde dir Bescheid geben.«
»Ich dachte, ich könnte vielleicht drei bekommen«, hoffte Dominick.
»Vielleicht«, meinte Bloomingdales zweifelnd. »Gehst du mit dem anderen Kram zum Silberfuchs?«
»Später«, sagte Dominick.
»Sag ihm, daß ich hoffe, daß er unter die U-Bahn kommt, der Dreckskerl.«
»Ich werde es ausrichten«, nickte Dominick. Er packte das Silber wieder in den Koffer, machte ihn zu und wartete dann, bis Bloomingdales zweihundertundsechs Dollar in nagelneuen Scheinen vor ihn hinlegte. Bloomingdales zahlte immer in nagelneuen Scheinen – ein weiterer Grund, warum man so gerne Geschäfte mit ihm machte.
Unten auf dem Bürgersteig bemerkte Dominick, daß er Bloomingdales die Uhr nicht gezeigt hatte, die immer noch in seiner Jeanstasche steckte. Er überlegte, ob er deshalb noch einmal den ganzen Weg hinaufklettern sollte, und entschied sich dagegen.

Um zwölf Uhr fünfunddreißig an diesem Freitagmittag, gerade als Dominick Bloomingdales' Haus verließ, kam ein Vertrauensmann bei Benny Napkins an. Er keuchte die fünf Stockwerke hoch, schleppte sich japsend den Gang entlang und klopfte an Bennys Tür.
»Wer ist da?« fragte Benny.
»Ich«, sagte der Vertrauensmann. »Arthur Doppio.«
»Was willst du, Arthur?« fragte Benny.
»Ich habe etwas für dich«, sagte Arthur.
»Und was?« fragte Benny.
»Etwas von Mario Azzeca«, sagte Arthur.

Benny hob die Klappe vom Spion, spähte hinaus in den Flur und sah, daß Arthur einen großen verschlossenen Umschlag mit einem Gummiband drumherum emporhielt. »Eine Sekunde«, sagte Benny. Er löste die diversen Sicherheitsschlösser und öffnete die Tür.

»Willst du mich nicht 'reinlassen?« fragte Arthur.

»Das würde ich gerne tun«, sagte Benny. »Aber Jeanette Kay schläft noch, und ich möchte, daß sie sich ausschläft.« Und während Benny diesen Satz sagte, beschlich ihn das Gefühl, daß er genau dieselbe Situation schon einmal erlebt hatte, und zwar vor gar nicht langer Zeit. Er nahm den dicken Umschlag entgegen – er fühlte sich ausgesprochen vertraut an.

»Vielleicht ein andermal«, sagte Arthur, tippte an seinen Hut und ging den Korridor hinunter. Benny schloß und versperrte die Tür. Das Gefühl des *déjà vu* blieb. »It seems«, zitierte er, »we stood and talked like this before, we looked at each other in the same way then, but I can't remember where or when« – und der Rest des Liedes war ihm auch entfallen. Er ging in die Küche, setzte sich an den Tisch, starrte eine Weile auf den Umschlag hinunter und fragte sich, welche Schwierigkeiten jetzt wohl auf ihn zukamen. Schließlich seufzte er ergeben, entfernte das Gummiband und riß das Couvert auf.

Es waren fünfzigtausend Dollar drin – in verschiedenen Noten. Und eine Flugkarte nach Neapel – und zurück. Und ein Brief – auf dem Papier der Anwaltskanzlei Azzeca und Garbugli geschrieben:

»Benny Napkins, steigen Sie Freitagabend um zehn in dieses Flugzeug. (Vergessen Sie nicht, in Rom umzusteigen.) Übergeben Sie das Geld samstagfrüh in Neapel Ganuccis Boten. Machen Sie keinen Mist. Mario Azzeca. Ma/mp«

Benny las den Brief ein zweites Mal. Er zählte auch das Geld ein zweites Mal, und er sah sich die Flugkarte ein zweites Mal an.

Und dann kam er zu dem Schluß, daß der Computer durchgedreht haben mußte.

14. Der Silberfuchs

Silber spiegelte sich in seinen Brillengläsern – so saß der Silberfuchs hinter einem Tisch, der sich unter dem gestohlenen Silber förmlich bog, und hörte sich Bennys Lamentieren an. Es war schon fast halb zwei Uhr nachmittags; das Flugzeug nach Rom würde um zehn Uhr starten.

»Was soll ich denn bloß machen?« fragte Benny.

Er hatte den Silberfuchs aufgesucht, weil er ihn als seinen ältesten Freund und vertrautesten Ratgeber betrachtete – obwohl dieser während des ganzen Gesprächs unausgesetzt nach Markenzeichen suchte und dementsprechend unkonzentriert schien.

»Zuerst müssen wir mal ausschließen, was du *nicht* machen kannst«, sagte der Silberfuchs.

»Okay – und was ist das?« fragte Benny.

»Du kannst das Duplikat nicht an Azzeca zurückschikken.«

»Und warum nicht?«

»Weil niemand gern darauf hingewiesen wird, daß er einen Fehler gemacht hat«, erklärte der Silberfuchs.

»Aber das hier ist ein *großer* Fehler«, gab Benny zu bedenken. »Es geht immerhin um fünfzigtausend Dollar.«

»Je größer der Fehler, um so weniger will man darauf gestoßen werden.«

»Wahrscheinlich hast du recht«, meinte Benny.

»Mein Bruder Salvatore«, erzählte der Silberfuchs, »beging vor langer Zeit den fatalen Fehler, sich Paulie Secondos Verhältnis ins Bett zu holen, mit dem dieser damals in der Greenwich Avenue zusammenlebte. Das Mädchen erzählte

Paulie die Sache, obwohl sie Irin und durchaus willig gewesen war, und Paulie steckte einem Polizeileutnant namens Alexander Bozzaris, den er kannte, daß mein Bruder Salvatore ein sechzehnjähriges Mädchen vergewaltigt habe, worauf Salvatore verhaftet wurde und zehn Jahre in Sing Sing zubrachte – und als er 'rauskam, beging jemand namens Alonzo, aus der Eighty-sixth Street, den fatalen Fehler, meinen Bruder Salvatore daran zu erinnern, warum er gesessen hatte, worauf mein Bruder ihm viermal sein Messer in den Bauch rammte und nach Sing Sing zurückgeschickt wurde. Niemand wird gerne an seine Fehler erinnert, Benny.«

»Was soll ich also tun?« fragte Benny.

»Ich habe das Gefühl, du verschweigst mir etwas«, vermutete der Silberfuchs. »Denn eigentlich ist es doch gar keine Frage, was du tun sollst: Eins von diesen fünfzigtausend-Dollar-Bündeln sollst du nach Neapel bringen und das andere sollst du ausgeben. Mario Azzeca wird niemals irgend jemandem gegenüber zugeben, daß er einen solchen Fehler gemacht hat – das kannst du mir glauben.«

»Und wenn doch, Silvio? Wenn er zu mir kommt und das Geld zurückfordert?«

»Na wenn schon! Bist du stumm? Stotterst du? Du sagst einfach: ›was für Geld? Ich habe nur einmal fünfzigtausend Dollar bekommen, und die habe ich wie befohlen nach Neapel gebracht und dem Knaben übergeben, der mich am Flugplatz erwartete. Und dann bin ich zurückgeflogen, und da bin ich nun, und von welchem Geld reden Sie überhaupt?‹ Genau das sagst du ihm. Falls er überhaupt kommt! Aber er kommt bestimmt nicht!«

»Naja – vielleicht...« zweifelte Benny.

»Gar nichts vielleicht.« Der Silberfuchs schob seine Brille auf die Stirn und sah Benny über den Tisch hinweg prüfend an.

»Was verschweigst du mir, Benny. Ich bin dein Freund – mir kannst du es doch sagen.«
»Ich will dich da nicht 'reinziehen, Silvio.«
»Und warum nicht?«
»Eben weil du mein Freund bist – du könntest in Teufels Küche kommen.«
»Wozu sind Freunde dann da«, meinte der Silberfuchs, »wenn nicht dazu, die Sorgen ihrer Freunde zu teilen?«
»Bitte, nein – ich will dich nicht damit belasten.«
»Ich bin dein Freund«, versicherte der Silberfuchs. »Was immer auch los ist – ich werde versuchen, dir zu helfen.«
»Nein.« Benny schüttelte heftig den Kopf. »Wirklich nicht.«
»Nun sag' schon«, insistierte der Silberfuchs. »Du kannst mir doch vertrauen.«
»Naja...«
»Raus damit.«
»Also gut«, rang Benny sich durch. »Carmine Ganuccis Sohn ist entführt worden.«
Der Silberfuchs sprang auf. »Warum erzählst du mir das?« empörte er sich. »Willst du mich in Teufels Küche bringen? Was bist du nur für ein Freund!«
»Sie wollen fünfzig Riesen«, fuhr Benny fort.
»Erzähl's mir nicht, ich will's gar nicht wissen!« Der Silberfuchs hielt sich die Ohren zu.
»Ich habe versucht, Blüten zu kaufen, aber...«
»Sei still!«
Es klopfte.
»Gott sei Dank!« Der Silberfuchs sah zur Tür. Benny saß mit düsterer Miene an der langen Tafel mit dem gestohlenen Silber. Er fand Silvios Rat, die fünfzigtausend zu behalten, nicht gut. Es stimmte vielleicht, daß niemand gerne an seine Fehler

erinnert wird, aber wenn jemand in eine Sache verwickelt war, der bereits einen Fehler gemacht hatte, dann war es doch gut möglich, daß derjenige, der den zweiten Fehler gemacht hatte, glaubte, das Recht zu haben, denjenigen, der den ersten Fehler gemacht hatte, zu ersuchen, den zweiten Fehler zu korrigieren. Jedenfalls waren das Bennys Gedankengänge. Und außerdem war es ihm nie in den Sinn gekommen, die fünfzigtausend zu behalten. Naja – in den Sinn gekommen schon. Aber nur ganz flüchtig. Was sich allerdings in seinem Kopf festgesetzt hatte, war der Gedanke, die zweiten fünfzigtausend als Lösegeld für Ganoochs Sohn zu verwenden. Und wenn Azzeca dann tatsächlich zu ihm käme und fragte: »He, Benny Napkins, wo sind die zweiten fünfzigtausend Dollar?« dann konnte Benny sagen: »Die habe ich als Lösegeld für Ganoochs Sohn bezahlt«, was ja nun wirklich ein guter Verwendungszweck war.

»Kennst du Dominick den Guru?« fragte der Silberfuchs.

Benny drehte sich um und sah den jungen Mann an, der in der Tür stand. »Ja, ich glaube, wir haben uns schon mal gesehen«, sagte er. »Aber damals hatten Sie noch keinen Bart und noch keine langen Haare.«

»Und wie gefalle ich Ihnen?« fragte Dominick, kam zum Tisch und gab Benny die Hand.

»Gut«, sagte Benny.

»Die Zotteln sind doch viel zu lang«, schimpfte der Silberfuchs. »Ein so netter italienischer Junge und läuft dermaßen schlampig 'rum!«

»Bloomingdales gefällt es auch nicht«, berichtete Dominick. »Ach, übrigens«, wandte er sich an den Silberfuchs, »ich soll Ihnen ausrichten, er wünscht, Sie kämen unter die U-Bahn.«

»Warum denn das?« fragte der Silberfuchs. »Weil seine

Schwester eine unfähige Hure ist? Das weiß doch sowieso jeder.«
»Ich überbringe Ihnen lediglich seine Grüße«, sagte Dominick. So ein Schwachsinn, dachte er.
»Was hast du mitgebracht?« fragte der Silberfuchs. Und als er Dominicks Seitenblick auf Benny bemerkte, sagte er: »Benny kannst du vertrauen – er ist ein alter Freund.«
Dominick musterte ihn und ging dann in die Halle hinaus.
»Was soll ich machen?« flüsterte Benny.
»In welcher Beziehung?«
»Wegen Ganoochs Sohn!«
»Ich habe keine Ahnung, wovon du sprichst.«
»Ich habe dir doch gerade erzählt...«
»Ich weiß nicht einmal, ob er überhaupt einen Sohn hat. Hat er einen? Nein – sag's mir nicht.«
Dominick kam mit seinem Koffer zurück, den er auf den großen Tisch wuchtete. »Eine Menge hübscher Sachen«, kündigte er an und hob den Deckel hoch. Der Silberfuchs nahm ein Vergrößerungsglas und begann, die Stücke zu begutachten.
»Haben Sie das schon gesehen«, wandte Dominick sich an Benny.
»Was meinen Sie?« fragte Benny.
»Die Armbanduhr«, sagte Dominick und gab sie ihm.
»Sehr hübsch«, fand Benny nach einem zerstreuten Blick darauf.
»Wer ist denn das da auf der Uhr?« fragte der Silberfuchs.
»Der Vizepräsident«, informierte ihn Dominick.
»Es sieht ihm nicht einmal entfernt ähnlich«, bemängelte der Silberfuchs.
Benny wollte Dominick die Uhr zurückgeben, wobei er sie zufällig umdrehte und sah, daß auf der Rückseite etwas

eingraviert war: »Für Lewis. Herzlichen Glückwunsch. Papa.«
»Wo haben Sie die Uhr her?« brüllte Benny.

Snitch hatte sich von seinem alten Freund Arthur Doppio dessen blauen Plymouth geborgt und war jetzt – am frühen Nachmittag – auf dem Weg nach Larchmont, um der Erzieherin der Ganuccis einen Besuch abzustatten. Bozzaris hatte ihm fünfundzwanzig Dollar in Aussicht gestellt, falls er Informationen bringen könne, die noch nicht bekannt seien – und Snitch war kein Mensch, der fünfundzwanzig Dollar so einfach in den Wind schrieb. Er fuhr die lange, baumgesäumte Auffahrt zu ›Many Maples‹ hinauf, parkte den Wagen auf dem ovalen Platz vor dem überladenen Eingang, trat in den mit Fliesen ausgelegten Säulengang, bewunderte das Messingschild mit dem Namen *Ganucci* darauf, drückte auf die Klingel und wartete.
Nanny öffnete so schnell, als habe sie direkt hinter der Tür gestanden und auf Besuch gewartet. Als sie Snitch sah, verfinsterte sich ihre Miene.
»Ja, bitte?«
»Nanny«, sagte Snitch, »ich glaube, ich habe eine weitere Information über das Verbrechen, das, wie Sie sagten, Dienstagnacht stattfand.«
»Wirklich?«
»Ja. Könnte ich vielleicht 'reinkommen? Man weiß heutzutage nie, wer sich im Gebüsch versteckt.«
»Bitte«, sagte sie. In diesem Augenblick schlugen die Uhren im Wohnzimmer – aber es war gottlob erst zwei.
»Geht drei Minuten nach«, stellte Snitch fest und folgte Nanny ins Arbeitszimmer. »Eine nette Bleibe hat Ganooch hier«, bemerkte er.

»Ja«, sagte Nanny. »Was für Informationen haben Sie für mich?«

»Ich weiß, daß fünfzigtausend Dollar mit im Spiel sind«, eröffnete ihr Snitch, womit er sich auf das Telegramm bezog, das auf Mario Azzecas Schreibtisch gelegen hatte, und aus Nannys plötzlicher Blässe schloß er, daß er einen Volltreffer gelandet hatte. Ihre Hand fuhr an ihre Kehle. Mit gepreßter, kaum hörbarer Stimme bestätigte sie: »Ja, das stimmt.«

»Dringend fünfzig beschaffen, Übergabe Samstag«, zitierte Snitch.

»Sollte das aus dem letzten Brief hervorgehen?« fragte Nanny.

»Genau«, nickte Snitch. Es wurde ihm klar, daß er nur *einen* Brief gesehen hatte – und der war eigentlich ein Telegramm gewesen – und daß er nicht die geringste Ahnung hatte, ob das die erste Nachricht, die letzte oder eine zwischendrin gewesen war. Aber er merkte, daß er Nannys Vertrauen gewonnen hatte, und wenn er ihren Eindruck, er besitze Kenntnisse, die er in Wahrheit gar nicht hatte, erhalten konnte, dann kam er vielleicht mit der Zeit an die Information, die Bozzaris haben wollte – und außerdem waren Intrigen das Aufregendste der Welt.

»Wann am Samstag?« fragte Nanny.

»Ja, wissen *Sie* denn das nicht?«

»Nein«, gestand sie. »Aus dem letzten Brief bin ich überhaupt nicht schlau geworden. Und Benny auch nicht. Ich habe ihn ihm am Telefon vorgelesen.«

»Benny?«

»Napkins.«

»Ah – ja. Er ist also eingeweiht?«

»Ja – ich rief ihn sofort an, als ich merkte, daß er verschwunden war.«

»Ich verstehe«, sagte Snitch, der keinen Schimmer hatte, wovon sie sprach.

»Wo haben Sie den Brief denn gesehen?« fragte Nanny.

»Auf dem Schreibtisch von Mario Azzeca.«

»Mario... oh, um Himmels willen!« rief sie und fuhr sich wieder mit der Hand an die Kehle. »Weiß *er* denn auch Bescheid?«

»Aber natürlich. Die Nachricht war doch an ihn adressiert.«

»An Mario Azzeca? Aber warum denn das?«

»Na, das ist doch klar – wenn Ganooch fünfzigtausend Dollar haben will, schickt er seinem Anwalt eine Nachricht und läßt sie von ihm beschaffen.«

»Ganooch?«

»Natürlich.«

»Mr. Ganooch hat Mario Azzeca um fünfzigtausend Dollar gebeten?«

»Sag' ich doch.« Snitch zuckte die Achseln.

Nanny sah aus, als würde sie jeden Augenblick ohnmächtig. Sie lehnte sich an die Regelwand und hätte beinahe einige kostbare Bücher zu Fall gebracht. Als sie wieder sprach, war ihre Stimme nur noch ein Hauchen: »Er weiß Bescheid.«

»Worüber?« fragte Snitch.

»Über die ganze Sache«, sagte Nanny. »O mein Gott, er weiß alles!« Sie legte eine Hand auf Snitchs Arm. »Er wird uns umbringen! Alle beide! Mich und Benny!« Ihr Griff verstärkte sich. »Wissen Sie, bei wem er ist?«

»Benny? Bei Jeanette Kay, oder? Er hat doch ein Verhältnis mit Jeanette Kay?«

»Nein – ich meine den Jungen.«

»Benny lebt mit einem *Jungen* zusammen?«

»Ich meine – wissen Sie, wer die *Kidnapper* sind?« fragte sie ungeduldig.
»Was?« Snitch sah etwas einfältig drein.
»Die Kidnapper.«
»Was?« fragte er noch einmal.
Sie stand jetzt direkt vor ihm und sah ihm scharf in die Augen: »Snitch – wissen Sie, wer Mr. Ganuccis Sohn gekidnappt hat?«
Das ist also das Verbrechen, um das es geht – ein ganz dicker Brocken, dachte Snitch. Er brauchte Zeit zum Nachdenken. Aus dieser Situation konnte man sicher eine Menge Geld 'rausschlagen, er wußte nur noch nicht, wie. Er brauchte ein bißchen Zeit, aber genau die wollte Nanny ihm nicht zugestehen. Ihre Fingernägel gruben sich in seinen Arm, ihre Augen starrten unverwandt in die seinen und sie fragte noch einmal: »Wissen Sie, wer Lewis Ganucci entführt hat?«
»Ja«, sagte Snitch. Warum auch nicht, dachte er.

Ganuccis Telegramm lag vor Azzeca und Garbugli auf dem Schreibtisch.
»Vergessen Sie die fünfzigtausend. Komme nach Hause. Ganucci!«
»Sieben Worte«, sagte Garbugli bewundernd. »Ein wahres Meisterstück.«
»Ja – aber was machen wir jetzt?« wollte Azzeca wissen.
»Wir rufen Benny Napkins an und lassen uns das Geld zurückgeben.«
»Richtig«, nickte Azzeca und griff zum Telefonhörer. Er wählte Bennys Nummer, wartete eine Weile und hörte dann eine verschlafene Stimme: »Hallo?«
»Hallo – mit wem spreche ich?«
»Hier ist Jeanette Kay. Wer ist da?«

»Mario Azzeca.«
»Hallo, Mr. Azzeca, wie geht es Ihnen?« fragte Jeanette Kay.
»Gut. Ist Benny da?«
»Nein.«
»Und wo ist er?«
»Weiß ich nicht – ich habe noch geschlafen, als er ging.«
»Er ist doch nicht etwa zum Flugplatz gefahren, oder?«
»Ich glaube nicht – warum sollte er?«
»Wenn er nach Hause kommt, soll er mich sofort anrufen. Und er soll *nicht* nach Neapel fliegen.«
»Warum sollte er nach Neapel fliegen?« fragte Jeanette Kay verwirrt.
»Richten Sie ihm einfach aus, was ich gesagt habe«, ersuchte Azzeca sie und legte auf. Dann wandte er sich an Garbugli: »Er ist nicht zu Hause. Du glaubst doch nicht etwa, daß er schon zum Flugplatz gefahren ist?«
»Um drei Uhr nachmittags? Die Maschine fliegt doch erst um zehn.«
»Viele Leute fahren viel zu früh zum Flugplatz«, sagte Azzeca. »Sie versuchen damit, die Flugangst zu überwinden.«
»Rufen wir Nonaka an und setzen ihn auf seine Fährte.«
»Nonaka? Warum denn ausgerechnet den?«
»Für den Fall, daß Benny mit dem Gedanken spielen sollte, das Geld nicht zurückzugeben.«
»Aber ausgerechnet Nonaka...«
»Er ist der beste Mann für den Job. Ruf ihn an.«
Azzeca zuckte die Achseln und nahm wieder den Hörer von der Gabel. Er schlug das Telefonverzeichnis auf, das auf seinem Schreibtisch lag, überflog die Spalte N und wählte Nonakas Nummer.
»Hallo?« flüsterte eine Stimme am anderen Ende der Leitung.

»Ich möchte Nonaka sprechen«, sagte Azzeca.
»Er ist nicht da«, flüsterte die Stimme.
»Und wo ist er?«
»Weiß ich nicht.«
»Können Sie nicht etwas lauter sprechen?« fragte Azzeca verärgert.
»Doch – aber Gott sei Dank *muß* ich es nicht«, flüsterte die Stimme und legte auf.
»Er ist nicht zu Hause«, berichtete Azzeca.

»Wer ist denn das da?« fragte Luther Patterson seine Frau. Er stand am Fenster des ehelichen Schlafzimmers und starrte in den Hinterhof hinunter, der zehn Stockwerke tiefer lag. Ida trat neben ihn und spähte ebenfalls hinunter.
»Wo?« fragte sie.
»Da«, sagte er. »Die drei Männer. Wer sind die drei Männer da?«
»Ich sehe niemanden«, erklärte Ida.
»Neben dem Telefonmast. Der eine sieht aus wie ein Penner, der andere hat einen Bart, und der dritte ist ein Chinese.«
»Vielleicht sind sie von der Telefongesellschaft und sollen was reparieren«, meinte Ida.
»Hast du schon jemals einen chinesischen Telefonmonteur gesehen?« fragte Luther.
»Woher weißt du, daß er Chinese ist?«
»Na – ich sehe ihn doch schließlich.«
»Von hier oben?«
»Meine Augen sind sehr gut, und außerdem habe ich meine Brille auf«, sagte Luther. »Es ist ein Chinese.« Plötzlich kam ihm etwas in den Sinn. »Was hat Simon gesagt?« fragte er. »Irgend was – irgend was über die Chinesen oder China. Irgend was.« Er stürzte ins Wohnzimmer und riß die *Gesam-*

melten Werke aus dem Regal. In Windeseile blätterte er die Seiten um, bis er zu der Kritik kam, die er gesucht hatte. Er las laut vor:

»Sein Stil ist reine Chinoiserie – er häuft Glanzlack-Paravents von Paradoxa auf Pagoden von Übertreibungen – eine Spur schematisch, aber mit unbezwingbarer Verve und bilderstürmender Bravour.«

Luther senkte voller Bewunderung den Kopf.

»Einmalig«, flüsterte er ehrfürchtig. »Wirklich einmalig. Passen Sie auf Ihren Lorbeer auf, Mr. Updike, ein zweiter genialer John ist auf der Szene erschienen.«

Ida kam ins Zimmer. Mit den Händen auf den Hüften fragte sie:

»Und was sagt nun Simon? Ist es ein Chinese?«

»Er äußert sich nicht dazu«, sagte Luther. »Aber ich erkenne einen Chinesen, wenn ich einen sehe.«

15. Nonaka

Tamaichi Nonaka war Japaner.

Er stand mit Benny Napkins und Dominick dem Guru in dem Hinterhof, und alle drei starrten zu den Fenstern an der Rückseite des Gebäudes hinauf, in denen sich die Sonne schmerzhaft spiegelte.

»Es ist schwer zu sagen«, sagte Dominick. »Ich war in der Nacht in vielen Wohnungen.«

»Die einzige, die uns interessiert, ist die, in der Sie die Uhr haben mitgehen lassen«, sagte Benny.

»Ja, ja, ich weiß. Aber es ist schwer, sich festzulegen – schließlich sehen Fenster für mich alle gleich aus. Ich steige rein, ich klettere wieder raus – sie sehen alle gleich aus.«

»Versuchen Sie sich zu erinnern«, sagte Benny. »Irgendwo in diesem verdammten Bau steckt Carmine Ganuccis Sohn. Wenn wir ihn finden und zurückbringen, sind wir alle Helden. Wenn nicht...«

»Hören Sie mal – was habe *ich* mit der ganzen Sache zu tun?« sagte Dominick. »Ich bin nur meiner Arbeit nachgegangen und habe versucht, ein simples Geschäft mit dem Silberfuchs zu machen – und plötzlich bin ich in eine Entführung verwikkelt.«

»Ich auch«, sagte Nonaka.

»Ihr seid darin verwickelt, weil ich darin verwickelt bin«, erklärte Benny. »Schließlich existiert kein Mensch für sich allein – er ist ein Teil der Menschheit.«

»So habe ich das noch nie betrachtet«, gestand Dominick.

»Ich auch nicht«, sagte Nonaka.

»Und außerdem wird Ganooch uns einen Kopf kürzer ma-

chen, wenn er jemals erfahren sollte, daß wir wußten, in welchem Haus sein Sohn gefangen gehalten wurde, und die Wohnung nicht wiederfinden konnten.
»Vielleicht war sie im achten Stock.« Dominick zuckte die Achseln.
»*Vielleicht* ist nicht genug«, sagte Benny. »*War* sie im achten Stock oder nicht? Ich habe nicht die Absicht, eine Tür aufzubrechen, und dahinter eine nette kleine Lady vorzufinden, deren Mann Polizist ist.«
»He – es war wirklich eine Lady in der Wohnung«, fiel Dominick ein.
»Und der Junge hat sie sogar bei ihrem Namen genannt.«
»Und wie war der?«
»Iris? Irene? Irgend so was jedenfalls. Irgend was mit I.«
»Ina?« fragte Benny.
»Nein.«
»Ilka?« fragte Benny.
»Nein.«
»Ingrid?«
»Nein.«
»Irma?«
»Nein.«
»Isabel?«
»Nein, nein.«
»Ines?«
»Nein.«
»Isadora?«
»Nein.«
»Mehr Namen mit I fallen mir nicht ein«, sagte Benny. »Würden Sie die Wohnung wiedererkennen?«
»Vielleicht.«
»Was ich meine, ist folgendes: Wenn Sie die Feuerleiter hin-

aufkletterten und in die Fenster schauten – würde Ihnen dann eines der Zimmer bekannt vorkommen?«

»Vielleicht. Aber ich bin nicht bereit, am hellichten Tag die Feuerleiter hochzuklettern.«

»Wie spät ist es jetzt?« fragte Benny.

»Kurz nach drei.«

»Es wird erst um acht, halb neun dunkel«, sagte Benny.

»Na, dann haben wir ja noch Zeit«, stellte Dominick fest.

»Zeit? Und wenn sie den Jungen inzwischen umbringen?«

»So was Irres würde doch niemand tun«, sagte Dominick.

»Ich schon«, widersprach Nonaka, um seinerseits zu der Unterhaltung etwas beizutragen.

Seine Äußerung bezog sich natürlich nicht auf Carmine Ganuccis Sohn – obwohl..., wenn Ganooch ihn um diesen kleinen Gefallen gebeten hätte... Die Tatsache, die Nonaka motivierte, war, daß er im Zweiten Weltkrieg wegen eines Leistenbruchs als untauglich eingestuft und nie eingezogen worden war. Nach Nonakas Meinung setzte Carmine Ganucci den ehrenvollen Kampf gegen die Faschistenschweine fort. Es war nicht etwa, daß Nonaka wild darauf war, Leute umzubringen – was ihm viel mehr Freude machte, war, mit bloßen Händen Türen zu zertrümmern. Das war für ihn der wahre Nervenkitzel. Er liebte es, seinen Arm angewinkelt nach hinten zu ziehen und ihn dann mit vollkommen starrer Hand nach vorn schnellen zu lassen, den charakteristischen Schrei auszustoßen, die Tür mit der Handkante zu treffen und das Holz splittern zu sehen. O Mann, das war wirklich das Höchste für ihn. Und er war enttäuscht, daß er bis zur Dunkelheit warten sollte, um eine Tür einzuschlagen. Aber natürlich hatte Benny Napkins recht – man konnte nicht einfach Türen einschlagen, wenn man nicht wußte, was einen dahinter erwartete.

Einmal, als er noch viel jünger war, war Nonaka nach Hicksville, Long Island, gefahren – im Auftrag von Carmine Ganucci. Als erstes hatte er mit einem Handkantenschlag eine Aluminiumtür zertrümmert, dann die dahinterliegende Holztür, wobei er fast den Türrahmen herausgerissen hätte, dann war er durch den Wohnraum gerannt, weil er zum Schlafzimmer wollte, wo er eine weitere Tür einschlagen zu können hoffte. Aber er wurde im Wohnzimmer aufgehalten, denn dort lagen drei Leute mit Einschußlöchern in den Köpfen. Und dann hörte er plötzlich die Sirenen von mehreren Funkstreifenwagen und entschied, besser schleunigst zu verschwinden, denn irgend etwas war ganz entschieden faul. Später stellte sich heraus, daß Ganucci offensichtlich zwei Operationen durcheinandergebracht hatte, indem er Nonaka nach Hicksville geschickt hatte anstatt nach Syosset, und die anderen Typen auf den Job angesetzt hatte, der Nonaka zugedacht gewesen war. Das Ergebnis war, daß ein ausgekochter Nassauer namens »Oscar der Zuhälter« nach Jamaica, Long Island, entkam und dreißig Tage und dreißig Nächte gesucht werden mußte, bevor man ihn aufstöberte; er war eifrig damit beschäftigt, die Einnahmen – mit Hilfe eines Mädchens namens Alice – unters Volk zu bringen. Es war Nonaka, der Oscar schließlich in einer Pension in Jamaica entdeckte, was ihm die Gelegenheit gab, zunächst die Zimmertür und danach noch die Tür zum Bad zu zertrümmern, in dem Oscar mit Alice in der Badewanne saß. Kurze Zeit später ertrank Oscar.

»Was wollen Sie tun, Benny?« fragte Dominick.

»Gehen wir was trinken und warten, bis es dunkel ist.«

»Eine gute Idee«, lobte Dominick.

»Ganz meiner Meinung«, sagte Nonaka.

Carmine Ganucci war um vierzehn Uhr vierzig Ortszeit in Neapel ins Flugzeug gestiegen und um siebzehn Uhr fünf Ortszeit auf dem Londoner Flughafen Heathrow gelandet, wo er in eine andere Maschine umgestiegen war, die London um achtzehn Uhr fünfzehn Ortszeit verließ. Aufgrund der Zeitverschiebung war er bereits seit Stunden über dem Atlantik, als Snitch in die Stadt zurückkam. Ganuccis Flugzeug sollte planmäßig um einundzwanzig Uhr fünf auf dem Kennedy Airport landen. Als Snitch Arthur Doppios Wagen in der Second Avenue abstellte und die Straße hinauf zu dem Haus ging, in dem Arthur mit zwei Katzen und einem Hirtenstar wohnte, war es zwanzig nach drei. Der Vogel hatte einen riesigen Wortschatz, konnte bedeutend besser italienisch als Arthur und rief mit besonderer Vorliebe: *»Lasciate ogni speranza, voi ch'entrate!«*, wobei er sogar das Grölen der Biertrinker übertönte, die man manchmal in Arthurs Wohnung antraf.

Snitch wußte nicht, daß Carmine Ganucci auf dem Heimflug war, sonst hätte er sich die Sache vielleicht noch mal überlegt. Er fand Arthur damit beschäftigt, dem Hirtenstar ein neues Wort beizubringen.

»Warum bringst du ihm ausgerechnet dieses Wort bei?« fragte Snitch.

»Weil ein Vogel es kennen sollte«, sagte Arthur.

»Ich habe es noch nie gehört.«

»Ich habe es aus dem Wörterbuch«, erklärte Arthur.

»Ich habe es noch nie gehört.«

»Hast du schon mal was von Vermouth Cassis gehört?« fragte Arthur.

»Noch nie. Obwohl ich alle möglichen Informationen bekomme«, sagte Snitch.

»Es ist ein Drink. Und er soll ganz phantastisch schmecken.

Freddie Corriere war gestern abend mit einer jungen Dame zusammen, die nur Vermouth Cassis trank. Sie sagt, es sei phantastisch. Freddie hat mir erzählt...«

»Wie würde es dir gefallen, ein bißchen Geld zu verdienen, ohne einen Finger dafür zu rühren?« unterbrach Snitch Arthurs Redefluß.

»Was müßte ich tun?« fragte Arthur.

»Das habe ich doch gerade gesagt: überhaupt nichts. Gefällt dir der Gedanke?«

»Na klar.«

»Du mußt nur behaupten, du hättest Carmine Ganuccis Sohn entführt«, sagte Snitch.

»Du bist wohl übergeschnappt«, japste Arthur. »Ich mag dich wirklich gern, aber du spinnst total! Hör mal, möchtest du wissen, was Freddie und dieses Mädchen letzte Nacht gemacht haben? Er traf sie in dieser Bar, und dann...«

»Wir werden Nanny sagen, daß du der Bursche bist, der...«

»Wer ist Nanny?« fragte Arthur.

»Das Kindermädchen der Ganuccis.«

»Ach ja – die, die er aus London in England mitgebracht hat, stimmt's?«

»Genau.«

»Was ist mit ihr?«

»Wir sagen ihr einfach, du hast dir den Ganucci-Knaben geschnappt...«

»Ich will nicht...«

»... und bringst ihn zurück, sobald du das Lösegeld hast. Wie hört sich das an?«

»Entsetzlich! Ich will unter keinen Umständen auch nur im Entferntesten mit etwas in Verbindung gebracht werden, das nach der Entführung des Ganucci-Knaben riecht. Snitch, ich mag dich wirklich, aber du bist verrückt.«

»Du könntest eine Maske tragen«, bot Snitch an.
»Ich habe keine Maske«, sagte Arthur.
»Du könntest dir einen Nylonstrumpf über den Kopf ziehen.«
»Nylonstrümpfe habe ich auch nicht.«
»Ich weiß, wo wir einen herkriegen können«, eröffnete ihm Snitch. »Der Trottel hat eine ganze Schublade voll.«
»Dann laß dir doch von *ihm* helfen.«
»Der ist zu dämlich«, erklärte Snitch. »Für diese Aufgabe brauche ich einen hellen Kopf.«
»Mich?« fragte Arthur.
»Genau«, nickte Snitch.
»Um wieviel geht es bei der Sache?«
»Um fünfzigtausend.«
»Das ist ein ganz schöner Haufen Geld.«
»Also setzen wir mal voraus, wir können einen Nylonstrumpf beschaffen«, sagte Snitch. »Dann könntest du dich in aller Ruhe mit dem Strumpf über dem Kopf mit Nanny zusammensetzen. Und ihr sagen, sie solle dir das Geld übergeben. Und versprechen, das Kind zurückzubringen.«
»Und wie mache ich das?« fragte Arthur.
»Was?«
»Das Kind zurückbringen. Wo ist der Bursche?«
»Keine Ahnung.«
»Aber wie kann ich ihn denn dann zurückbringen?«
»Na – das ist doch wohl *ihr* Problem, oder?«
»Aber es ist *mein* Problem, wenn Ganooch rausfindet, daß ich von der kleinen Lady, die in seinem Haus lebt, fünfzig Riesen kassiert habe.«
»Wie sollte Ganooch das denn rausfinden? Und wie sollte irgend jemand auf dich kommen, wenn du einen Strumpf über dem Kopf hast?«

Arthur dachte eine Weile nach.
»Warum nicht?« meinte er schließlich.
»Warum nicht?« sagte Snitch.
»Kardätsche«, sagte der Hirtenstar.

Es ist seltsam, wie man manchmal lange Zeit etwas übersieht, das man direkt vor der Nase hat. Wie zum Beispiel Marie Pupattola.
»Nehmen Sie einen Brief auf, Maria«, sagte Azzeca.
»Ja, Mr. Azzeca«, antwortete sie.
Sie saß ihm gegenüber auf einem Stuhl, hatte die langen Beine übereinandergeschlagen, und ihre roten Haare schimmerten im Licht der späten Nachmittagssonne, das durch das Fenster hereinströmte. Sie trug einen sehr kurzen Rock, an dem sie ab und zu einmal zog, der ihr aber im großen und ganzen so zu gefallen schien, wie er war. Er erlaubte Azzeca einen ziemlich unbegrenzten Einblick, und er wunderte sich, daß er das Mädchen eigentlich nie richtig angesehen hatte.
»Wie lange arbeiten Sie schon bei uns?« fragte Azzeca.
»Ist das der Text?« fragte Marie.
»Nein – eine Frage.«
»Es sind jetzt siebzehn Monate, Mr. Azzeca – wußten Sie das nicht?«
»Ich wußte, daß es mehr als ein Jahr ist, aber nicht, daß es siebzehn Monate sind.«
»Doch, genau«, sagte Marie und zog an ihrem Rock.
»Sie sind ein sehr hübsches Mädchen, Marie«, stellte Azzeca fest.
»Vielen Dank, Mr. Azzeca«, sagte Marie artig.
»Warum setzen Sie sich nicht auf meinen Schoß«, schlug Azzeca vor.
»Aber Mr. Azzeca!« Marie war verblüfft.

»Sie hätten es dann viel bequemer als auf dem Stuhl«, meinte Azzeca. »Und außerdem müßte ich beim Diktieren nicht so schreien.«

»Mein Stuhl ist sehr bequem«, sagte Marie. »Und ich kann Sie sehr gut hören, Mr. Azzeca.«

»Mögen Sie mich nicht?« fragte Azzeca.

»Sie sind ein wunderbarer Arbeitgeber, Mr. Azzeca«, sagte Marie.

»Warum setzen Sie sich dann nicht auf meinen Schoß?«

»Naja...« Maria zuckte die Achseln.

»Sie sind ein sehr hübsches Mädchen, Marie – habe ich Ihnen das schon gesagt?«

»Ja, Mr. Azzeca – vor einer Minute.«

»Es ist komisch, daß mir das nie aufgefallen ist – bis gestern, als Sie uns vorlogen, Snitch habe geschlafen, als Sie das Telegramm ins Zimmer brachten.«

»Ich habe nicht gelogen, Mr. Azzeca.«

»Doch, Sie haben gelogen, Marie – und Lügen ist eine sehr ernste Sache. Ich kenne Leute, die gefeuert worden sind, weil sie in einer Angelegenheit gelogen haben, die für ihre Arbeitgeber von großer Wichtigkeit war.«

»Aber ich habe nicht gelogen! Mr. Delatore hat wirklich fest geschlafen, als ich das Telegramm auf Ihren Schreibtisch legte. Ich schwöre es bei Gott!«

»Strapazieren Sie den Namen Gottes nicht unnütz, Marie«, tadelte Azzeca.

»Naja – ich wollte ja nur bekräftigen, daß ich die Wahrheit gesagt habe.« Marie zuckte wieder die Achseln.

»Setzen Sie sich auf meinen Schoß, Marie.«

»Warum diktieren Sie mir nicht einfach den Brief«, schlug Marie vor.

»Marie – ich werde Ihnen etwas erzählen: Wußten Sie, daß

ich seit siebenundzwanzig Jahren mit ein und derselben Frau verheiratet bin?«
»Nein – das wußte ich nicht.«
»Aber es ist wahr. Siebenundzwanzig Jahre! Ich bin seit siebenundzwanzig Jahren mit einem irischen Mädel verheiratet. Sie heißt Sybil. Sie ist Irin. Ihr Mädchenname war Sybil Brogan. Wissen Sie, was mein Vater – Friede seiner Seele – zu mir sagte, als ich ihm erzählte, daß ich ein irisches Mädel heiraten würde?«
»Was sagte er zu Ihnen, Mr. Azzeca?«
»Er sagte: ›Du willst was heiraten?!‹«
»Und was haben Sie geantwortet?«
»Ich antwortete: ›Ein irisches Mädchen.‹«
»Und was hat er dann gesagt?«
»Gar nichts – er hat den Kopf in den Backofen gesteckt.«
Azzeca lächelte. »Das war ein kleiner Scherz, Marie. Natürlich hat er seinen Kopf nicht wirklich in den Backofen gesteckt – ich habe nur einen kleinen Witz gemacht.«
»Ach so«, sagte Marie mit großen Augen.
»In Wirklichkeit hat mein Vater gesagt: ›Hör zu, Mario, das ist dein Untergang!‹«
»Wie kann man denn nur so etwas sagen!« Marie war entsetzt.
»Soll ich Ihnen was sagen?«
»Was?«
»Er hatte recht.«
»Oh, Mr. Azzeca!«
»Er hatte wirklich recht, Marie! Ich bin seit siebenundzwanzig Jahren mit derselben Frau verheiratet, und wissen Sie, was ich davon habe? Einen Besenschrank als Arbeitszimmer in einer Zwölfzimmerwohnung. Halten Sie das für möglich, Marie?«

»Das ist ja schrecklich, Mr. Azzeca!« bedauerte ihn Marie.
»Ist es schrecklich? Ja, es ist wirklich schrecklich, nicht wahr? Wissen Sie, was die größte Freude ist, die ich in meinem Leben habe, Marie?«
»Was, Mr. Azzeca?«
»Dem Delacorte-Brunnen zuzuschauen.«
»Meine Güte, Mr. Azzeca. Jetzt fange ich aber gleich an zu weinen.«
»Ich bin ein Mensch wie alle anderen, Marie – ein menschliches Wesen, das ab und zu nach Zuneigung hungert. Tun wir das nicht alle? Sagen Sie mir die Wahrheit, Marie.«
»O ja, Mr. Azzeca.«
»Dann kommen Sie her und setzen Sie sich auf meinen Schoß.«
»Ich glaube nicht, daß ich das kann, Mr. Azzeca.«
»Natürlich können Sie – versuchen Sie es.«
»Nein, lieber nicht.« Marie schüttelte den Kopf, stellte ihre Beine züchtig nebeneinander und zog an ihrem Rock. »Warum diktieren Sie mir jetzt nicht den Brief, Mr. Azzeca? Ich glaube, das wäre das beste.«
»Ich weiß, was Sie denken, Marie. Sie denken, es wäre unrecht, stimmt's, Marie?«
»Ja.«
»Sie sind ein nettes italienisches Mädchen, eine Katholikin, wahrscheinlich noch Jungfrau...«
Marie schlug die Augen nieder.
»... und Sie denken, warum sollte mein erster Mann ausgerechnet ein Mann sein, der seit siebenundzwanzig Jahren mit derselben Irin verheiratet ist. Sie denken, es wäre unrecht.«
»Das ist richtig, Mr. Azzeca.«
»Und warum sollte es unrecht sein, Marie?«
»Es wäre eben unrecht«, Marie zuckte wieder die Achseln.

»Marie – es wäre wunderschön! Marie, überall in dieser Stadt haben die Leute Verhältnisse. Überall auf der Welt! Einsame Menschen knüpfen Beziehungen zueinander an, weil sie einander brauchen, Marie. Haben Sie jemals das Buch *Das Arrangement* gelesen?«

»Nein.«

»Es ist ein gutes Buch, Marie. Es handelt von Arrangements – und ich möchte ein Arrangement mit Ihnen treffen, Marie.«

»Ich danke für die Ehre, Mr. Azzeca, aber ich glaube, Sie sollten mir doch lieber jetzt den Brief diktieren, denn es ist schon spät, und ich habe eine Menge Arbeit auf meinem Schreibtisch.«

»Marie, ich könnte Ihnen Leute nennen, die Verhältnisse haben, von denen Sie niemals annehmen würden, daß sie welche haben.«

»Wer?« Marie beugte sich gespannt vor und vergaß, an ihrem Rock zu ziehen.

»Benny Napkins hat ein Verhältnis mit Jeanette Kay Pezza.«

»Ja, das weiß ich.«

»Paulie Secondo hat ein Verhältnis mit einer deutschen Stewardess aus Düsseldorf.«

»Aus Düsseldorf!« staunte Marie.

»Snitch Delatores Frau hat ein Verhältnis mit einem Marktschreier aus Amarillo, Texas.«

»Amarillo, Texas!« echote Marie.

»Sogar Carmine Ganucci hat ein Verhältnis«, sagte Azzeca, wobei er seine Stimme auf ein Flüstern reduzierte.

»Carmine Ganucci!« Marie war fassungslos.

»Ja, ein schnuckliges, kleines Verhältnis«, flüsterte Azzeca. »Mit einem hübschen, kleinen Ding, das mal eine hochbe-

zahlte Nutte war. Was ich Ihnen alles über Verhältnisse erzählen könnte...«
»Tun Sie's nicht, Mr. Azzeca, ich will es gar nicht wissen!«
»Setzen Sie sich auf meinen Schoß, Marie.«
»Ich würde es ja tun, Mr. Azzeca, wirklich. Aber es gibt da ein Problem.«
»Haben Sie Angst?«
»Nein.«
»Möchten Sie kein Verhältnis mit einem Mann anfangen, der ihr Arbeitgeber ist?«
»O nein, das ist es nicht. Um die Wahrheit zu sagen...«
»Ja, Marie?«
»Ich *habe* schon ein Verhältnis, wissen Sie. Mit einem Mann, der ebenfalls mein Arbeitgeber ist. Mit Vito, wissen Sie. Mit Mr. Garbugli – Ihrem Partner.«
»Ich verstehe«, sagte Azzeca.
»Tut mir leid«, sagte Marie.
»Nehmen Sie einen Brief auf.«

»Hallo, Nanny«, sagte Snitch.
»Ja?«
»Hier ist Snitch.«
»Ja?«
»Ich habe Kontakt mit der Person aufgenommen, über die wir gesprochen haben.«
»Ja.«
»Er ist bereit, in Verhandlungen mit Ihnen zu treten – vorausgesetzt, er kann inkognito bleiben.«
»Das garantiere ich«, versicherte Nanny.
»Und er hätte das Geld gern heute abend.«
»Um welche Zeit?«
»Ich dachte, er könnte bei Anbruch der Dunkelheit zu Ihnen

hinausfahren. Er hat einen Nylonstrumpf über dem Kopf, wissen Sie, und er will kein Aufsehen erregen.«

»Ich verstehe. Wann wird er hier sein?«

»So um acht, halb neun. Werden Sie das Geld bis dann haben?«

»Ich habe es schon«, sagte Nanny.

»Na wunderbar, dann gibt es ja keine Probleme«, sagte Snitch.

»Überhaupt keine. Ich freue mich, heute abend mit Ihrem Freund sprechen zu können.«

»Nanny – er ist kein Freund von mir«, korrigierte Snitch eiligst. »Bitte vergessen Sie das nicht. Wenn diese Sache jemals Ganooch zu Ohren kommen sollte, dann möchte ich, daß klar ist, daß ich meine Vermittlerrolle nur aus Hochachtung für ihn spiele. Der Kerl ist mir völlig fremd, und wie ich Ihnen schon sagte, hat er einen Strumpf über dem Kopf und ich habe demzufolge keine Ahnung, wie er aussieht.«

»Ich verstehe.«

»Ich habe überhaupt nichts von dieser ganzen Aktion, Nanny – ich tue nur einem Mann einen Gefallen, den ich verehre und bewundere: Carmine Ganucci.«

»Ich bin überzeugt, Mr. Ganucci wird sich dafür eines Tages erkenntlich zeigen«, versicherte ihm Nanny. »Ich erwarte Ihren Freund dann also.«

»So um acht, halb neun«, sagte Snitch.

»Geht es dem Jungen gut?« fragte Nanny.

»Möchten Sie vielleicht mit der gewissen Person sprechen? Sie steht neben mir.«

»Ja, das würde ich gern.«

»Er ist vielleicht etwas schlecht zu verstehen – wegen des Strumpfs, wissen Sie«, warnte Snitch.

»Geben Sie ihn mir«, sagte Nanny.

»Hallo?« nuschelte eine Stimme.
»Spreche ich mit der gewissen Person, über die wir vorher gesprochen haben?« fragte Nanny.
»Ja«, sagte die Stimme.
»Sie werden also so gegen acht, halb neun hier sein?«
»Genau.«
»Geht es dem Jungen gut?«
»Ja.«
»Wird er zurückgebracht, sobald wir unser Geschäft abgeschlossen haben?«
»Ja.«
»Dann werden Sie ihn also bei sich haben?«
»Ja.«
»Hallo, Nanny«, mischte sich Snitch ein. »Ich habe zufällig mitgehört, was Sie gerade gefragt haben. Sie werden verstehen, daß zur Sicherheit der gewissen Person dieselbe das Kind wahrscheinlich dort lassen wird, wo es jetzt ist, bis das Geschäft abgeschlossen ist.«
»Ich verstehe«, sagte Nanny.
»Gut. Na dann – hasta la vista«, verabschiedete sich Snitch und legte auf.

Nonaka wurde immer betrunkener. Niemand am Tisch schien es zu bemerken, aber das lag daran, daß es den anderen auch nicht besser ging. Sie saßen in einer Bar an der Ecke Ninety-sixth Street und Columbus Avenue, die den anheimelnden Namen *The Homestead* trug. Auf dem Spiegelglasfenster, das zur Straße hinausging, las Nonaka den Namen der Bar als »daetsemoH ehT«, was ihm sehr japanisch vorkam. Im Augenblick kam ihm überhaupt alles sehr japanisch vor. Sogar Benny Napkins schien japanisch zu sprechen.
»Das Dilemma ist ein moralisches«, erklärte Benny gerade.

»Jedenfalls sehe ich es so.«
»Wie siehst du es?« fragte Dominick. »Trinken wir noch was.«
»Okay«, sagte Benny und hob die Hand: »Barkeeper!« »Japaner können kein L sprechen, wußtet ihr das?« fragte Nonaka.
»Was meinst du damit?« fragte Benny.
»Wie in *Dilemma* nicht aussprechen, weil ein *L* drin ist.«
»Das wußte ich nicht«, sagte Benny.
»Womit darf ich Sie vergiften?« fragte der Barkeeper.
»Bringen Sie noch 'ne Runde«, sagte Benny.
»Ihr werdet ja alle hackevoll«, sagte der Barkeeper.
»Das ist noch so ein Wort«, hakte Nonaka ein. »Hackevoll! da sind gleich zwei *L* drin. Kein Japaner kann *hackevoll* sagen.«
Der Barkeeper ersparte sich eine weitere Bemerkung und zog sich zurück.
»Es ist ein doppeltes Dilemma«, sagte Benny.
»Wieso?« fragte Dominick.
»Doppelt«, sagte Benny. »Zweimal fünfzigtausend Dollar.«
»Dollar ist auch so ein Wort«, sagte Nonaka. »Unmöglich für einen Japaner. Zwei *L*!«
»Wißt ihr, wieviel Geld ich augenblicklich in meinem Besitz habe?« fragte Benny.
»Wieviel?« fragte Dominick.
»Hunderttausend Dollar.«
»Dollar.« Nonaka schüttelte traurig den Kopf. »Unmöglich auszusprechen.«
»Das ist eine Menge Geld«, sagte Dominick ehrfürchtig. »Weißt du, was der größte Geldbetrag war, den ich in meinem Leben gesehen habe?«

»Was?«

»In einem einzigen Schein, meine ich.«

»Wieviel?«

»Eintausend Dollar«, sagte Dominick. »Weißt du, wer auf der Tausenddollarnote drauf ist?«

»Nein – wer?«

»Grover Cleveland.«

»Cleveland?« sagte Nonaka und schüttelte deprimiert den Kopf. »Unmöglich auszusprechen – in dieser Sprache wimmelt es geradezu von *L.*«

»Und weißt du, wer früher auf dem Tausenddollarschein war?«

»Nein – wer?«

»Alexander Hamilton.«

»Wißt ihr, wie ein Japaner Alexander Hamilton aussprechen würde?« fragte Nonaka.

»Nein – wie denn?«

»Arexander Hamirton.« Er blinzelte.

»Warum denn das?« fragte Dominick.

»Keine Ahnung.« Nonaka zuckte die Achseln.

»Naja – wir haben alle unsere kleinen Probleme«, sagte Dominick.

»Schaut euch bloß all diese gottverdammten L an!« jammerte Nonaka. Benny schaute, aber er konnte nichts entdecken. Und außerdem hatte er auch ein kleines Problem. Ein ganz einfaches: wenn er das Kind nicht irgendwo in dem verdammten Haus fand, was dann? Sollte er Nanny eines der Fünfzigtausenddollarbündel geben und das andere wie befohlen nach Neapel bringen – oder sollte er eines der Bündel behalten, auf alles pfeifen, Jeanette Kay an der Hand nehmen, mit ihr nach Honolulu fliegen und dort im Sand liegen, den Kopf auf ihren großen, runden Brüsten? Das Problem des

Lebens war, daß es voller Probleme war, vor allem, wenn einem hunderttausend Dollar Löcher in die Tasche brannten.
»Junge, Junge«, seufzte Benny.
»Du sagst es«, nickte Dominick.
»Sehr richtig«, pflichtete Nonaka bei.
Der Barkeeper brachte die bestellte Runde. Die Männer tranken schweigend vor sich hin. Durch das Spiegelglasfenster sah Benny Männer in Geschäftsanzügen von der U-Bahn heraufkommen, die auf dem Heimweg zu ihren Familien waren, auf dem Weg zum Essensduft, auf dem Weg zu einem Wochenende voller Vergnügen und Frivolität. Einen verrückten Augenblick lang wünschte Benny, er wäre ein ehrlicher Bürger.

Um sieben Uhr abends rief Luther Patterson in Many Maples an und verlangte Carmine Ganucci.
»Mr. Ganucci ist nicht zu Hause«, erklärte Nanny. »Er ist in Italien.«
»Ach, immer noch der alte Witz?« spöttelte Luther.
»Wer spricht denn da?« fragte Nanny.
»Der Kidnapper«, erklärte Luther.
»Sie sind nicht der Kidnapper«, widersprach Nanny.
»Wollen *Sie* mich vielleicht darüber belehren, wer *ich* bin?« empörte sich Luther. »Madam, ich…«
»Ich habe vor zwei Stunden mit dem Kidnapper telefoniert«, eröffnete ihm Nanny.
»Wie können Sie vor zwei Stunden mit mir gesprochen haben, wenn ich zu dieser Zeit in meinem Wohnzimmer…«
»Vor zwei Stunden ist eine Unterredung mit dem Kidnapper arrangiert worden«, informierte ihn Nanny. »Und zwar von einem Freund, der mein volles Vertrauen genießt. Ich habe

schon ein Treffen mit ihm verabredet. Ich weiß nicht, wer *Sie* sind...«

»Hier *ist* der gottverdammte *Kidnapper!«* brüllte Luther.

»Nein«, sagte Nanny einfach.

»Madam – der andere Mann ist ein Betrüger! Wer immer sich Ihnen gegenüber als der Kidnapper ausgibt...«

»Guten Tag, Sir«, verabschiedete ihn Nanny und legte auf.

Luther sah verdutzt die Sprechmuschel an. Und dann wählte er wutentbrannt erneut die Nummer von Many Maples.

»Many Maples«, meldete sich Nanny.

»Madam, ich warne Sie...«

»Wenn Sie mich nicht in Ruhe lassen«, warnte Nanny, »werde ich die Polizei einschalten.«

»Madam – Sie spielen ein sehr gefährliches Spiel. Das Leben eines unschuldigen Kindes...«

Es klickte.

Luther legte den Hörer auf die Gabel, hob ihn wieder hoch und knallte ihn dann mit voller Wucht wieder auf.

»Was zum Teufel geht da vor?« brüllte er.

»Hast du was gesagt?« fragte Ida aus der Küche.

»Bring mir den Jungen her!« brüllte Luther.

16. Klein-Lewis

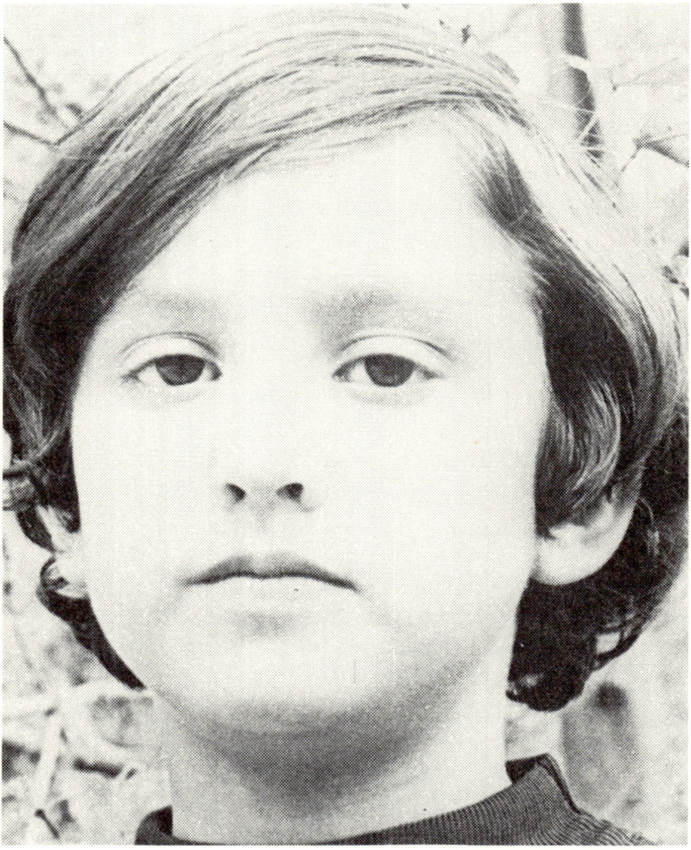

Luther deutete auf einen Ohrensessel, der an dem stillgelegten, offenen Kamin stand, und sagte: »Setzen.«
Lewis kletterte in den Sessel, faltete die Hände im Schoß und sah Luther an, der hinter seinem Schreibtisch saß und ihn musterte. Ida stand in der Tür und trocknete sich die Hände an ihrer Schürze ab. Luther starrte den Jungen unverwandt an. In der Küche summte leise die elektrische Uhr.
»Meine Uhr ist weg«, sagte Lewis.
»Vergiß deine Uhr – ich werde dir ein paar Fragen stellen«, schnauzte Luther.
»Sie hat auf der Kommode gelegen«, fuhr Lewis unbeirrt fort.
»Ich sagte, du sollst sie vergessen«, knurrte Luther. »Reden wir über deinen Vater.«
»Er hat mir die Uhr geschenkt«, sagte Lewis. »Zum Geburtstag.«
»Es interessiert mich nicht, was er dir geschenkt hat«, erklärte Luther. »Ich möchte wissen, wo er im Augenblick ist.«
»Wer?«
»Dein Vater.«
»In Italien.«
»Dann stimmt es also wirklich.« Luther verdrehte die Augen deckenwärts. »John – es ist wahr! Er ist in Italien!«
»Wer ist John?« fragte Lewis und schaute zur Decke hinauf.
»Wo in Italien?« fragte Luther.
»Auf Capri.«
»Es stimmt, mein Gott, es stimmt wirklich!«

»Haben Sie eine Putzfrau?« fragte Lewis.
»Was?«
»Vielleicht hat *die* meine Uhr gestohlen.«
»Kein Mensch hat deine verdammte Uhr gestohlen. Wer ist dort verantwortlich?«
»Wo?«
»In Larchmont. In eurem Haus. In Many Maples. Während dein Vater weg ist – wer ist da verantwortlich?«
»Nanny.«
»Kennt sie deine Stimme?«
»Na klar.«
»Ich möchte, daß du mit ihr telefonierst.«
»Wozu?«
»Weil sie mir nicht glauben will. Ich möchte, daß du mit ihr sprichst und ihr sagst, daß du lebst und es dir gut geht, und daß sie das Geld sofort beschaffen soll, weil wir keine Kinderspielchen spielen. Hast du mich verstanden?«
»Welches Geld?« fragte Lewis.
»Das Geld, das deine gesunde Rückkehr garantiert.«
»Und was ist, wenn sie das Geld *nicht* auftreiben kann?« fragte Ida plötzlich.
»Sie wird's schon beschaffen, keine Sorge«, beruhigte Luther sie.
»Antworte mir, Luther!«
»Ich *habe* dir geantwortet.«
»Du hast doch nicht etwa vor, ihm was anzutun, oder?«
»Ich habe vor, das Geld zu kassieren«, teilte Luther ihr mit.
»Wenn du ihn nämlich anfaßt...«
»Bitte sei still, Ida!«
»Wenn du ihm auch nur ein Haar krümmst...«
»Ruhig, ruhig.«
»... werde ich dich umbringen«, informierte Ida ihn sanft.

»Wie nett«, sagte Luther und sah wieder zur Decke hinauf. »Eine nette Einstellung für eine Ehefrau, was Martin?«

»Ich meine es ernst«, versicherte Ida.

»Hier wird niemand umgebracht«, erklärte Luther.

»Wir werden...«

»Mein *Vater* vielleicht schon«, warf Lewis ein. »Er kennt eine Menge harter Burschen.«

»Dein Vater kennt überhaupt keine harten Burschen«, widersprach Luther.

»O doch, das tut er«, insistierte Lewis.

»O nein, das tut er nicht. Als ich so alt war wie du, dachte ich auch, *mein* Vater kenne eine Menge harter Burschen, aber es war nicht wahr. Sie waren ganz einfach seine Saufkumpane. Sie *erschienen* mir nur hart, weil ich ein kluges, sensibles Kind war, das...«

»Also, ich meine *echte*, harte Burschen«, beharrte Lewis. »Ich habe sie gesehen.«

»Ich habe keine Lust mehr, deine Phantastereien zu diskutieren, ist das klar?«

»Nein.«

»Ich werde jetzt bei dir zu Hause anrufen...«

»Die *sind* echt! Die haben Waffen und alles.«

»Aha«, sagte Luther. »Waffen und alles, wie?« Er ging zum Telefon.

»Wenn ich deine Erzieherin dran habe, möchte ich, daß du herkommst und mit ihr sprichst.«

Lewis schwieg.

»Hast du gehört?«

Lewis nickte schmollend.

»Gut«, sagte Luther und fing an zu wählen.

»Sogar die Polizisten hatten ein bißchen Angst«, trumpfte Lewis auf.

»Soso«, sagte Luther und wartete, daß in Larchmont jemand den Hörer abnahm.

»Als sie zu uns kamen«, fuhr Lewis fort. »Die Polizisten. Letztes Jahr.«

»Jaja, schon gut«, winkte Luther ab und trommelte mit den Fingern auf die Schreibtischplatte.

»Alle Freunde von meinem Vater waren da«, sagte Lewis.

»Mit ihren Waffen, ohne Zweifel«, sagte Luther.

»Allerdings. Und wenn Sie mir nicht glauben – es stand alles in der *Daily News.*«

»Many Maples«, meldete sich Nanny am anderen Ende der Leitung. Luthers Unterkiefer sackte nach unten. Seine Augen hinter den Brillengläsern weiteten sich und er starrte sprachlos den Jungen an, dessen letzte Worte – kombiniert mit dem, was die Erzieherin gerade ins Telefon gesagt hatte – eine verspätete Erkenntnis auslösten. *O mein Gott,* dachte Luther, *o mein Gott.*

»Many Maples«, wiederholte Nanny und zwang Luther damit, sich mit schmerzhafter Intensität an die beiden Schlagzeilen zu erinnern, die zwei getrennte Geschichten in zwei verschiedenen Zeitungen geziert hatten. Das war vor nicht einmal elf Monaten gewesen. Die erste Schlagzeile war in klotzigen Lettern abgesetzt, wie sie das örtliche Morgenblatt bevorzugte, und sie lautete:

»MAPLES-TREFFEN GEPLATZT«.

Die zweite Schlagzeile war in zarteren Buchstaben abgesetzt, wie sie die *andere* Morgenzeitung der Stadt bevorzugte, und sie lautete:

»UNTERWELTS-GIPFELTREFFEN GESPRENGT«.

Die Schlagzeilen blinkten im Wechsel auf dem Bildschirm von Luthers Gedächtnis auf und schmolzen zu einem Bleiklumpen zusammen, der bis in sein Herz hinuntersank, wo er wie eine Kanonenkugel liegen blieb. *Many Maples,* dachte er, *o mein Gott! Carmine Ganucci,* dachte er, *o mein Gott!*

»O mein Gott!« stöhnte er laut und legte abrupt den Hörer auf. Er sprang auf, fuhr sich mit den Händen in die Haare, sah zur Decke hinauf und brüllte: »Liest denn keiner von euch jemals die Zeitung?«

»Was ist passiert?« fragte Ida. »Was hast du denn?«

»Wir müssen ihn sofort nach Hause schaffen«, erklärte Luther mit zittriger Stimme. »Mein Gott, weißt du, wessen Sohn wir entführt haben?«

»Carmine Ganuccis«, sagte Lewis.

17. Arthur

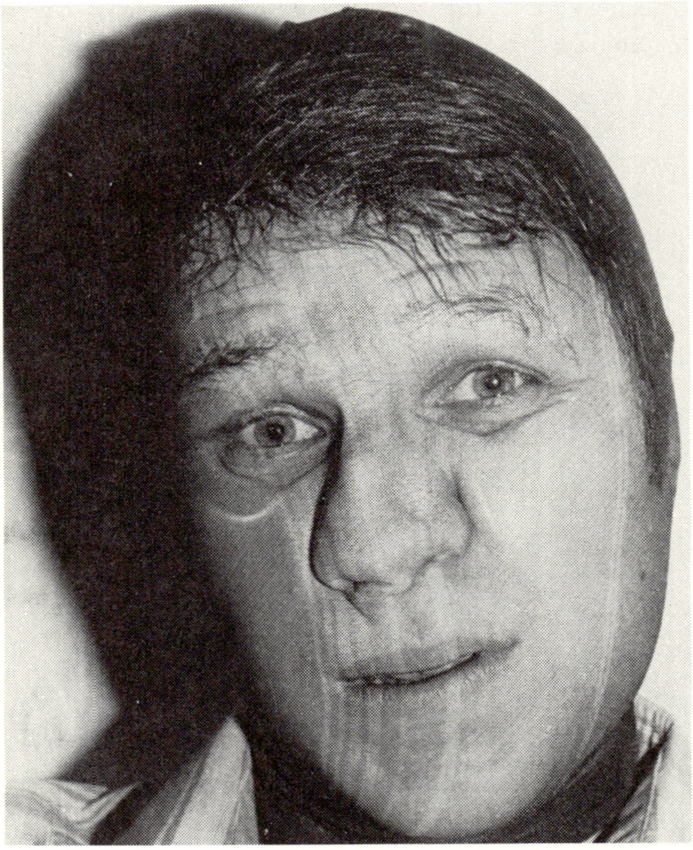

Ganucci hatte seine Uhr auf New Yorker Zeit eingestellt, sobald die Maschine in Heathrow abgehoben hatte. Es war jetzt neunzehn Uhr fünfzig, was bedeutete, daß sie in etwas über einer Stunde auf dem Kennedy Airport landen würden. Er sah zu Stella hinüber, die neben ihm in ihrem Sitz schlief. Sie schnarchte leise. Ausgezeichnet, dachte er. So hatte er Zeit, über seine Geliebte nachzudenken.

Ganucci sah sich immer als eine Art Cary Grant und seine Geliebte als eine Art Grace Kelly. Allerdings hatte sie nicht die geringste Ähnlichkeit mit Grace Kelly, wohingegen er große Ähnlichkeit mit Cary Grant hatte – vor allem um die Augen. Er wünschte, er könnte sprechen wie Cary Grant, aber man konnte schließlich nicht alles haben. Ihre erste Begegnung erschien ihm jedenfalls heute noch wie eine Filmszene – es war, als hätten sie den Text eines Drehbuches gesprochen:

Cary: Entschuldigen Sie, daß ich frage, Miss, aber was tut ein nettes Mädchen wie Sie in einem Haus wie diesem?

Grace: Was haben Sie gegen dieses Haus?

Cary: Es ist ein nettes Haus, aber nicht für ein Mädchen wie Sie.

Grace: Ich finde, es ist ein sehr nettes Haus.

Cary: Ich auch. Mißverstehen Sie mich nicht. Sie waren das beste Mädchen, das ich in dieser Stadt jemals hatte – vielleicht sogar in der ganzen Welt.

Grace: Worüber beschweren Sie sich dann?

Cary: Beschweren? Wer beschwert sich? Mach' ich den Eindruck, als würde ich mich beschweren? Ich bin ein ausgesprochen zufriedener Kunde.

Grace: Sagen Sie das nicht mir, sondern Madame Hortense.

Cary: Das werde ich, glauben Sie mir – wenn Sie es wünschen. Aber ich verstehe nicht, weshalb Ihnen ihre Meinung so wichtig ist – einem Klassemädchen wie Ihnen mit einem so beachtlichen Talent.

Grace: Ich arbeite für Madame Hortense.

Cary: Genau das ist der Punkt.

Grace: Ich fürchte, ich verstehe nicht.

Cary: Ich denke da... an eine Dauerstellung.

Grace: Ich habe eine Dauerstellung.

Cary: Ich dachte, Sie könnten vielleicht hier weggehen, um eine noch dauerhaftere Stellung anzunehmen.

Grace: Wenn ich ginge, würde Madame Hortense mich erwürgen.

Cary: Und wenn Sie hierbleiben, werde ich vielleicht Madame Hortense erwürgen – und Sie dazu.

Grace: Welche Art von Dauerstellung schwebt Ihnen denn vor?

Cary: Ich dachte, Sie würden mit mir kommen und nie mehr zurückkehren. Madame Hortense würde Ihnen nie mehr etwas zu sagen haben. Nur *ich*.

Grace: Und wo liegt da der Unterschied?

Cary: In der Tatsache, daß ich Carmine Ganucci bin.

Grace: Oh.

Carmine spürte, wie er eine Erektion bekam. Er klingelte nach der Stewardess und bat sie um ein Alka-Seltzer. Die Stewardess sprach mit englischem Akzent, was seinen Erregungszustand nicht gerade milderte. Sie fragte ihn, ob er Kopfschmerzen habe.

Benny Napkins stellte fest, daß eine Feuerleiter – außer man war extrem schwindelfrei – in der Dunkelheit eine ziemlich unsichere Sache war – vor allem, wenn man mehrere über den Durst getrunken hatte. Und Nonaka war auch keine Hilfe. Er sang unentwegt *»Pretty Parasol and Fan«*, während sie langsam die schmalen Eisenleitern hinaufstolperten. Im dritten Stock steckte eine Lady ihren Kopf aus dem Fenster, sah direkt in Dominicks Augen und sagte: »Oh!« »Wir sind ein Softballteam, Lady«, erklärte Dominick, grinste sie beruhigend an und kletterte weiter zum vierten Stock. Hinter ihm verbeugte sich Nonaka so tief vor der Lady, daß er fast von der Leiter gefallen wäre. Er fing sich wieder und sang weiter sein kleines Lied. Benny fragte sich die ganze Zeit, wieviele Menschen wohl in New York von Feuerleitern fielen – im Vergleich zu Brücken zum Beispiel.

Dominick spähte in ein weiteres Fenster.

»Na?« fragte Benny.

»Weiter«, kommandierte Dominick.

»Wer ist denn da?« fragte ein Mann im Unterhemd.

»Gas-Notdienst«, sagte Dominick.

»Strömt Gas aus?«

»Genau«, nickte Dominick.

»Guten Abend, Sir«, sagte Nonaka und verbeugte sich artig.

»Guten Abend«, erwiderte der Mann verwirrt.

Nonaka kletterte an ihm vorbei und nahm seinen Gesang wieder auf.

»Haben Sie Papiere?« fragte der Mann Benny, als er an seinem Fenster vorbei weiter nach oben kletterte.

»Im Wagen«, sagte Benny über die Schulter.

»Oh. Okay.« Der Mann ließ die Jalousie herunter.

Snitch Delatore wußte, daß fünfzigtausend Dollar ein Haufen Geld waren. Jeder wußte das. Sogar Arthur Doppio. Snitch wußte weiterhin, daß eine, wenn auch geringe, Chance bestand, daß Arthur Nanny heute abend dazu überreden konnte, sich von dem Geld zu trennen. Aber Snitch kannte auch ein Sprichwort, das ihm seine Großmutter – Gott hab' sie selig – beigebracht hatte, als sie ihn auf den Knien geschaukelt hatte: *»Prendi i soldi e corri«* – was übersetzt soviel heißt wie »Nimm das Geld und lauf«. Und während fünfzigtausend Dollar wohl eher eine Traumsumme waren, so waren fünfundzwanzig Dollar bar auf die Hand immerhin eine nicht zu verachtende Realität.

Alle waren im Geldgeschäft, dachte Snitch, es war nur eine Frage, ab welcher Summe man sich ins Zeug legte. Seiner Großmutter wären schon fünf Dollar und eine Schachtel Namenstagspralinen lohnenswert erschienen. Und wenn Snitch die inzwischen vergangenen Jahre und die Inflation in Betracht zog, dann waren fünfundzwanzig Dollar ein durchaus fairer und vernünftiger Preis für ein Geheimnis, das inzwischen schon alle kannten – inklusive Benny Napkins. Und aus diesem Grund ging er zu Lieutenant Bozzaris, der ihm genau diese Summe für eine neue Information versprochen hatte.

»Kann ich was für Sie tun?« fragte einer von Bozzaris' Kollegen, als Snitch an die Holzbarriere trat.

»Ich möchte den Lieutenant sprechen«, sagte Snitch.

»Weshalb?«

»Ich habe eine Information für ihn.«

»Ach ja«, nickte der Detective. »Sie sind ja sein Spitzel.«

Snitch antwortete nicht. Er hätte gern protestiert – aber fünfundzwanzig Dollar waren fünfundzwanzig Dollar, also hielt er lieber den Mund. Mit stiller Würde wartete er, daß der Detective ihn Bozzaris meldete. Gleich darauf öffnete sich die Tür des Eckzimmers und Bozzaris erschien. Er kam mit ausgestreckter Hand auf Snitch zu. »Na, das nenne ich eine nette Überraschung«, strahlte er, wandte sich an den Detective und brüllte: »Sam, zwei Tassen starken Kaffee!«

»Wir haben keinen Kaffee mehr, Skipper«, brüllte Sam zurück.

Bozzaris seufzte. Ein hartes Leben!

»Welche Information haben Sie für mich, Snitch?«

»Eine Information über ein Kapitalverbrechen«, sagte Snitch – und in diesem Augenblick klingelte das Telefon in Bozzaris' Büro.

Im zehnten Stock auf der Feuerleiter schaute Dominick wieder in ein Fenster und sagte aufgeregt: »Das ist es.«

»Bist du sicher?« fragte Benny Napkins.

»Ganz sicher.«

Die drei Männer kauerten sich vor dem Fenster zusammen und spähten in den Raum, der dahinter lag. Die Geräusche in dem Gebäude schienen plötzlich verstärkt – Fernsehapparate grölten durch die offenen Fenster, Toilettenspülungen gurgelten, eine Frau lachte kreischend, irgendwo übte jemand auf dem Klavier, während tief unten auf der Straße Hupen aller Klangfarben einen lautstarken Kontrast lieferten. Nonaka lauschte wehmütig auf die Melodie der Nacht und summte wieder das Lied vor sich hin, das er in der Volksschule in der 120th Street gelernt hatte – damals, als er der einzige echte Amerikaner in einem Haufen zugewanderten Pöbels war.

Sie stiegen lautlos in die Wohnung ein, Dominick als erster. Er stolperte über das Fensterbrett und stieß eine Stehlampe um.

»Schscht!« machte Nonaka hinter ihm.

»Schscht!« zischte Benny.
Sie hoben Dominick auf, stellten die Stehlampe wieder auf und warteten schweigend, bis ihre Augen sich an die Dunkelheit gewöhnt hatten.
»Das ist das Zimmer«, versicherte Dominick flüsternd. »Da drüben steht das Bett, und da ist die Kommode, von der ich die Uhr genommen habe.«
»Und wo ist das Kind?« flüsterte Benny.
»Das weiß ich nicht«, flüsterte Dominick zurück.
Sie standen in der Dunkelheit und horchten angestrengt.
»Es ist niemand da«, sagte Dominick schließlich.
»Woher willst du das wissen?«
»Ich bin ein erfahrener Einbrecher – ich weiß das. Es ist niemand da – die Wohnung ist leer. Kommt mit.« Er machte Licht.
Nonaka und Benny folgten ihm in den Flur. Das Licht, das durch die offene Zimmertür in den Gang strömte, beleuchtete eine Reihe gerahmter, abstrakter Drucke – insgesamt ein halbes Dutzend –, die alle in verschiedenen Blau- und Grüntönen gehalten waren und in den Farben zu dem Ölgemälde paßten, das am Ende der Reihe hing – ein goldgerahmtes Werk, das eine alte Frau darstellte, die Wasser von einem Brunnen holte. Dominick, der immer noch vorausging, betätigte einen weiteren Lichtschalter. Eine Deckenlampe mit einem imitierten Tiffany-Schirm tauchte den Flur in warmes, bräunliches Licht, das dem Gesicht der alten Lady einen ungesunden Grünschimmer und einen leicht verbiesterten Ausdruck verlieh.
An der gegenüberliegenden Wand hingen vier gerahmte Fotografien von Männern, von denen Benny in seinem Leben noch nie gehört hatte. Jeder der Herren war durch eine kleine, in den Rahmen eingelassene Messingplakette ausgewie-

sen: *Gilbert Millstein, Lester Goran, Richard P. Erickner* und *Nat Freedland.* Über der Tür, die in das nächste Zimmer führte, hingen zwei gekreuzte Sarazenenschwerter, die rasiermesserscharf aussahen. Dominick ging wie der Laternenanzünder eines Dorfes voraus und machte überall Licht. Das Zimmer hinter den Sarazenenschwertern war der Wohnraum – oder eine Bibliothek, das war schwer zu sagen. Die Wände waren von der Decke bis zum Boden mit Büchern bedeckt. Vor dem Fenster stand ein Schreibtisch. Von der West End Avenue schimmerte ein Abglanz der Straßenbeleuchtung herauf. Dominick machte die Schreibtischlampe an – der Lichtkegel fiel auf eine Schere, einen Leimtopf, einen Stapel weißes Papier, eine Schreibmaschine und zahllose Papierschnipsel.

»Na also!« Benny setzte sich in den Ohrensessel. »Hier hat er seine Briefe gebastelt.«

»Der Schauplatz des Verbrechens«, bestätigte Dominick und setzte sich an den Schreibtisch.

Nonaka stand neben dem Kamin und schmollte. Er erkannte allmählich, daß es hier keine Türen zum Einschlagen gab – und diese Erkenntnis deprimierte ihn zutiefst.

»Das ist die erste Wohnung, in die ich je eingebrochen bin, in der ich mich hinsetze«, grinste Dominick. »Sonst heißt es immer rein, raus und fertig.«

»Jetzt gibt es nur noch eins zu tun«, sagte Benny nachdenklich.

»Nämlich?« fragte Dominick.

»Nach Neapel zu fahren.«

»Genau«, nickte Dominick.

Benny griff in die Tasche seines Jacketts. »Ich werde dir diesen Umschlag anvertrauen. Bring ihn nach Larchmont und übergib ihn Nanny.« Er zog den dicken weißen Umschlag heraus, wobei ihm vollkommen klar war, daß er einem Mann fünfzigtausend Dollar aushändigte, der von Berufs wegen stahl. Na, wenn schon! »Und sag Nanny, ich wünsche ihr, daß Gott ihr helfen möge, den kleinen Kerl aus den Klauen der Irren zu befreien, die ihn in ihrer Gewalt haben«, bat Benny.

»Amen«, sagte Dominick.

Sie gingen zur Wohnungstür. Plötzlich riß Nonaka den Arm nach hinten, stieß einen langgezogenen Schrei, aus und gleich darauf traf seine rechte Handkante die Tür. Das Holz neben dem Schloß splitterte. Draußen im Hausflur steckte eine Frau mit Lockenwicklern auf dem Kopf diesen zur Tür heraus.

»Was ist das?« fragte sie.

»Sittenpolizei«, erklärte Dominick knapp.

Luther und der Junge standen dicht an die Mauer von Many Maples gepreßt vor einem der rückwärtigen Fenster, das etwa einen Meter über dem Boden lag.

»Das ist es«, sagte Lewis. »Das ist mein Zimmer.«

»Bist du sicher?«

»Natürlich.«

»Okay – ich werde dich hochheben«, sagte Luther. »Aber zuerst möchte ich noch einmal die einzelnen Punkte unserer Vereinbarung wiederholen. Du darfst niemandem sagen, wo du gewesen bist...«

»Okay«, versprach Lewis.

»Und du darfst niemandem die Namen der Leute sagen, bei denen du warst.«

»Das würde ich sowieso nicht tun«, versicherte Lewis. »Ida ist meine Freundin.«

»Und was ist mit *mir*?« fragte Luther gekränkt.

»Nichts«, erklärte Lewis lapidar, stieg in Luthers verschränkte Hände und kletterte über das Fenstersims in sein Zimmer.

Bozzaris sagte immer wieder »ah-ha« ins Telefon. Er war am Telefon, seit er mit Snitch in sein Zimmer gekommen war. Snitch konnte nur annehmen, daß er mit jemandem vom Labor sprach, denn wenn Bozzaris einmal nicht »ah-ha« sagte, dann sagte er so Sachen wie »Und was ist mit Sperma?« Schließlich sagte er: »Ich melde mich dann morgen früh wieder«, und legte den Hörer auf die Gabel. »Tut mir leid, daß Sie warten mußten, Snitch«, sagte er. »Aber die wichtigen Dinge haben nun mal Vorrang. In dieser korrupten, verrotteten Stadt müssen wir uns mit den Verbrechen befassen, sobald sie passieren, ohne irgendwelche Fälle zu bevorzugen oder Vorurteile zu entwickeln.« Er lächelte breit, stützte beide Ellbogen auf den Schreibtisch, verschränkte seine Finger ineinander und legte das Kinn darauf. »Also«, sagte er, »was für ein Kapitalverbrechen haben Sie für uns?«
»Gilt das Fünfundzwanzig-Dollar-Angebot noch?« fragte Snitch sicherheitshalber.
»Na klar.«
»Es handelt sich um eine Entführung.«
Bozzaris riß die Augen auf und pfiff leise. »Wer ist entführt worden?«
»Carmine Ganuccis Sohn.«
Bozzaris pfiff noch einmal – diesmal etwas lauter. Zum zweiten Mal in zwei Tagen schwebte eine Wolke von Geldduft durch den Raum und drang in seine Nase und in seine Kehle, so daß ihm fast die Luft wegblieb. In all den Jahren, die er seinen Beruf schon ausübte, hatte er noch nie von einer Entführung gehört, bei der es nicht um Lösegeld ging. Und die Entführung von Carmine Ganuccis Sohn war kein Pappenstiel –

da ging es bestimmt um astronomische Summen. Aber wie dem auch sei, dachte er, Entführungen und Lösegeldforderungen sind gleichermaßen vom Übel – und ist meine Aufgabe, das Übel in all seinen widerlichen Erscheinungsformen zu bekämpfen und des weiteren alle Gelder zu beschlagnahmen, die durch gesetzeswidrige Mittel gewonnen worden sind und die, wie jeder Mensch weiß, nur zu weiteren üblen Machenschaften benutzt würden. Die Wurzeln, dachte er. Man muß das Übel an der Wurzel packen: Wenn man die Wurzel abhackt, fällt der gigantische Baum der Korruption – während der Baum der Pensionskasse seine Äste dem wohltätigen Sommerregen entgegenstreckt und vielleicht früher als erwartet in voller Blüte steht.

»Diese Information ist wirklich fünfundzwanzig Dollar wert«, fand Bozzaris. »Sie sind ein guter Mann und ein ehrlicher Informant«, sagte er und öffnete die oberste Schublade seines Schreibtisches.

»Danke«, freute sich Snitch.

»Ich hoffe, es macht Ihnen nichts aus, mit Eindollar-Scheinen bezahlt zu werden.«

»Nein, nein, das ist schon in Ordnung, danke.«

»Wir haben die hier im Laufe des letzten Monats überall in der Stadt konfisziert«, erklärte Bozzaris und schob ihm einen Haufen Geldscheine über den Tisch.

»Danke.« Er wollte sich ans Nachzählen machen, aber dann sah der sich den obersten Schein genauer an, blinzelte, schaute noch einmal hin und konzentrierte sich auf das Bild von General George Washington. Kein Zweifel: er schielte.

»Danke«, sagte Snitch mürrisch – Verbrechen zahlt sich eben nicht aus.

Im Wohnzimmer von Many Maples starrte Nanny den Mann mit dem Strumpf über dem Kopf an und fragte sich, wie lange sie ihn noch hinhalten konnte. Sie hatte sich schon insgesamt viermal entschuldigt, war in die Küche verschwunden und hatte dort vom Wandapparat aus versucht, Benny Napkins zu erreichen. Aber jedesmal war nur Jeanette Kay dran gewesen – und jedesmal ein bißchen unfreundlicher, denn Nanny störte sie bei *Friday Night at the Movies*.

Arthur Doppio fühlte sich ausgesprochen unbehaglich unter seinem Strumpf, aber er sah ein, daß man für fünfzigtausend Dollar eine kleine Unbequemlichkeit hinnehmen mußte. Er fragte sich, wann die Erzieherin endlich das Geld herausrükken würde. Bis jetzt fragte sie ihn jedenfalls immer wieder, wo der Junge sei, und verschwand alle paar Minuten.

»Entschuldigen Sie mich«, sagte Nanny schon wieder, stand auf und verließ schnell den Raum.

Vielleicht hatte sie eine schwache Blase.

»Können Sie nicht schneller fahren?« bat Benny den Taxifahrer.

»Ich muß um zehn in einem Flugzeug sitzen.«

»Massig Zeit«, sagte der Taxifahrer.

»Ich muß eine Stunde vor Abflug dort sein.«

»Das sagen die doch bloß«, beruhigte ihn der Taxifahrer. »Reines Gerede. Es stimmt kein Wort.«

»Ich dachte«, sagte Benny.

»Hallo?« flüsterte Nanny ins Telefon.

»Er ist immer noch nicht da«, sagte Jeanette Kay und knallte den Hörer auf.

Nanny seufzte, legte vorsichtig den Hörer auf die Gabel und verließ die Küche. Als sie im Zimmer von Klein-Lewis vor-

beikam, sah es einen Augenblick lang so aus, als säße er im Bett und läse ein Comic-Heft.
»Hallo, Nanny«, sagte Lewis.

Dominick fuhr sehr vorsichtig, denn er kannte sich mit Bennys kleinem Volkswagen nicht gut aus. Außerdem hatte er keinen Führerschein, und er hatte keine Lust, wegen einer beschissenen Verkehrsübertretung festgenommen zu werden. Als er die Polizeisirene hinter sich hörte, dachte er einen Moment lang, Benny habe ihm einen gestohlenen Wagen aufgehängt. Aber der Funkstreifenwagen raste links an ihm vorbei, das rote Licht auf dem Dach blinkte und die Sirene heulte. Dominick fragte sich, was ein New Yorker Polizeiwagen hier oben in Westchester County verloren hatte.
Er beschloß, noch ein bißchen langsamer zu fahren.

»Es ist nur eine Routineüberprüfung, Mr. Ganucci«, entschuldigte sich der Zollbeamte.
»Ich weiß«, sagte Ganucci.
»Wir machen sehr oft Stichproben bei Bürgern unserer Stadt, die aus dem Ausland kommen – bringen sie in dieses kleine Zimmer hier und ziehen sie nackt aus, wie wir es bei Ihnen gemacht haben.«
»Vor allem, wenn wir den Verdacht haben, daß sie vielleicht Diamanten oder Heroin oder so was einschmuggeln.«
Ganucci hustete.

»Raus!« fauchte Nanny. »Er ist zurück!«
»Wer ist zurück?« fragte Arthur entsetzt. »Ganooch?«
»Der Junge.«
»Gott sei Dank!« sagte Arthur.
»Raus!« wiederholte Nanny.

Als Bozzaris die Einfahrt zu Many Maples hinauffuhr, kam ihm ein blauer Plymouth entgegen. Er drehte sich um und erhaschte einen flüchtigen Blick auf den Mann hinter dem Steuer.

»Ist das eine Übertretung?« fragte er seinen Fahrer, einen Neuling, der es als große Ehre ansah, einen Lieutenant chauffieren zu dürfen.

»Was soll eine Übertretung sein, Sir?« fragte der Neuling.

»Mit einem Nylonstrumpf über dem Kopf Auto zu fahren.«

»Ist das eine Scherzfrage, Sir?« fragte der Neuling.

»Ich weiß nicht, was aus dieser gottverdammten Stadt noch mal werden soll«, sagte Bozzaris, »wenn Sie den Kraftausdruck verzeihen wollen.«

Er schüttelte in tiefer Verzweiflung den Kopf. »Überall rennen Leute mit Strümpfen auf dem Kopf herum. Ich bin sicher, daß das eine Übertretung ist.«

»Wo soll ich parken, Sir?« fragte der Neuling.

»Vor dem Eingang natürlich.«

Bozzaris stieg aus dem Wagen, ging zur Haustür und drückte auf den Klingelknopf unter dem Messing-Namensschild. Und die ganze Zeit über dachte er, wie ungerecht es war, daß ein Krimineller wie Carmine Ganucci in einem so herrlichen Haus wohnen konnte, während er, Detective Alexander Bozzaris, in einem mit Schindeln gedeckten Zweifamilienhaus in der Bronx wohnen mußte – genau gegenüber einer verdammten Volksschule!

„Wer ist da?« fragte eine Frauenstimme.

»Die Polizei«, sagte Bozzaris, »würden Sie bitte aufmachen, Ma'am?«

Die Tür öffnete sich. Eine Frau in einem schwarzen Kleid mit einem kleinen weißen Kragen musterte ihn: »Ja?«

»Detective Lieutenant Alexander Bozzaris«, stellte er sich vor und zeigte ihr seine Marke. »Meinen Informationen nach hat sich in diesem Haus ein Kapitalverbrechen ereignet, das ich untersuchen möchte.«

»Was für ein Kapitalverbrechen?« fragte die Frau.

»Eine Entführung«, erklärte Bozzaris.

»Unsinn«, sagte die Frau.

»Meiner Information nach wurde in der Nacht von Dienstag auf Mittwoch der Sohn von Carmine Ganucci entführt. Darf ich reinkommen?«

»Ich bin die Erzieherin des Kindes«, informierte ihn die Frau. »Der Junge sitzt in seinem Bett und liest ein Comic-Heft.«

»Wenn das stimmt, darf ich mir das angebliche Opfer dann bitte einmal ansehen?«

»Folgen Sie mir«, forderte die Erzieherin ihn auf.

Bozzaris ging hinter ihr her und dachte die ganze Zeit: schau dir das an, schau dir die Früchte des organisierten Verbrechens an! Geschmacklos, peinlich, eine widerliche Zurschaustellung von Reichtum.

»Lewis«, sagte die Erzieherin, »das ist Detective Lieutenant Alexander Bozzaris.«

»Guten Abend«, begrüßte Lewis ihn artig.

»Bist du entführt worden?« fragte Bozzaris.

»Nein«, antwortete Lewis.

»Sehr schön«, sagte Bozzaris mürrisch. Verbrechen zahlte sich eben nicht aus.

Als Dominick der Guru die Auffahrt zu Many Maples hinauffuhr, kam ihm ein Polizeiwagen entgegen. Er war versucht, den kleinen Wagen von der Straße herunter zwischen die Bäume, die die Auffahrt säumten, zu steuern, aber dann befürchtete er, daß das vielleicht das Mißtrauen eines wachen

Polizisten erregen könnte. Er hielt auf dem ovalen Platz vor dem Haus, schaltete den Motor aus und stieg aus dem Wagen. Dann horchte er ein paar Minuten mit den geübten Ohren des Einbrechers, ob das Polizeiauto vielleicht zurückkäme. Als er schließlich überzeugt war, daß dies nicht der Fall war, klingelte er an der Haustür.

»Wer ist da?« fragte eine Frauenstimme.

»Dominick Digruma«, sagte er, denn so lautete sein richtiger Name. Die Tür ging auf.

»Sind Sie Nanny?« fragte Dominick.

»Ja.«

Dominick griff in seine Tasche und gab ihr einen dicken, weißen Umschlag. »Das ist von Benny Napkins«, erklärte er. »Er wünscht Ihnen, daß Gott Ihnen helfen möge, den armen kleinen Kerl aus den Klauen der Irren zu befreien, die ihn in ihrer Gewalt haben.«

»Ich danke Ihnen«, sagte Nanny.

»Es war mir ein Vergnügen«, versicherte Dominick galant.

Nanny schloß die Tür. Sie hörte, wie Dominick über den Kies zu seinem Wagen zurückging, den Wagen anließ, zurückstieß, um zu wenden und dann davonfuhr. Das Motorgeräusch wurde leiser. Sie wartete, bis sie überhaupt nichts mehr hören konnte, und erst dann öffnete sie den Umschlag.

Er enthielt fünfzigtausend Dollar.

Und eine Flugkarte nach Neapel – und zurück.

Nanny lächelte.

Benny Napkins war auf dem Weg zur Abflughalle der ALITALIA, als er den Schock seines Lebens erhielt: Ein Mann, der nach einem Taxi winkte, von der Internationalen Ankunftshalle her den Bürgersteig entlangging – gefolgt von

einer vollbusigen Frau in einem raffinierten Schneiderkostüm und einem Gepäckträger, der einen Wagen vor sich herschob, auf dem rund ein Dutzend Gepäckstücke lagen.
Der Mann sah genau aus wie Carmine Ganucci.
»He du!« brüllte dieser Benny plötzlich zu. »He, Schwachkopf!«
Benny blieb wie angewurzelt stehen. Auch wenn das nicht dieselben Worte gewesen wären, die Ganucci ihm 1966 in Chicago entgegengeschleudert hatte, als er hingekommen war, um ihn wegen des gottverdammten zerschlagenen Fensters zur Rede zu stellen, hätte Benny ihn sofort erkannt – Ganuccis Stimme war unverwechselbar. Bilder der verschiedensten Foltern, Visionen des Ertrinkens schossen durch Bennys Kopf. Ganooch ist zurück, dachte er in Panik, er weiß über das Kind Bescheid – und dann betete er hastig nacheinander zum Heiligen Josef und zur Jungfrau Maria, daß Dominick sicher und rechtzeitig nach Larchmont gekommen und das Geld bereits in Nannys Besitz war. Mit einem mühsamen Lächeln auf dem Gesicht ging er mit ausgestreckter Hand auf Ganucci zu und sagte: »Hallo! Was machen Sie denn *hier?* Hallo, Mrs. Ganucci. Ich dachte, Sie wären in Italien.«
Ganucci übersah die ausgestreckte Hand und fragte: »Und was machst *du* hier?«
»Ich fliege nach Neapel«, sagte Benny.
»Warum denn das?«
Benny senkte die Stimme: »Um etwas abzuliefern.«
»Wem?«
»Na, Ihnen.«
»Ich bin hier«, sagte Ganucci.
Benny griff in seine Jackettasche und gab Ganucci den zweiten weißen Umschlag. Damit wurden seiner Ansicht nach die

fünfzigtausend Dollar, die er enthielt, dem rechtmäßigen Eigentümer zurückgegeben, was nur fair war. »Danke«, sagte Ganucci. »Das hast du gut gemacht.« Er steckte den Umschlag in seine Tasche, trat an den Randstein und brüllte: »Taxi!« Gleich darauf hielt eines. Ganucci fragte den Fahrer durch das offene Fenster: »Übernehmen Sie auch Überlandfahrten?«
»Nein«, sagte der Fahrer.
»Doch«, eröffnete ihm Ganucci und öffnete die hintere Tür.
»Komm, Stella, wir fahren.«

In seinem Wohnzimmer goß Luther sich einen Drink ein und setzte sich an seinen Schreibtisch. Er mußte über vieles nachdenken. Wer zum Beispiel hatte die Wohnungstür zertrümmert? Etwa er selbst, als er in panischer Eile mit dem Jungen die Wohnung verlassen hatte, um ihn nach Larchmont zurückzubringen? Naja, auch egal – er hatte den Hausmeister bereits angerufen, und der hatte ihm versprochen, das Schloß gleich am nächsten Morgen reparieren zu lassen – und ihm geraten, einen Stuhl unter den Türgriff zu klemmen, denn es triebe sich allerhand Gesindel in der Stadt herum.
Luther nippte an seinem Drink. Irgend etwas Gutes mußten die Erlebnisse der letzten Tage haben, davon war er überzeugt.
»Kommst du ins Bett?« fragte Ida von der Tür her.
»Gleich«, sagte er und sah, daß sie das schwarze Nylonnachthemd trug, das er ihr vor sechs Jahren gekauft hatte.
»Beeil dich«, bat sie und verschwand aus seinem Blickfeld.
Luther starrte gedankenvoll in sein Glas. Ida hatte zweifellos von der Entführung profitiert: Nie zuvor hatte er einen Mutterinstinkt so deutlich ausgeprägt gesehen wie bei ihr. Und

wenn der Grundstein erst einmal gelegt war – wer wußte, was diese mächtigen Impulse zuwege bringen konnten. Würde er vielleicht bald Vater werden und sich dieser Aufgabe mit demselben Feuereifer widmen wie seinem Entführungsplan? Luther war zutiefst davon durchdrungen, sich tapfer und bewunderungswürdig verhalten zu haben, und diese Eigenschaften konnten auch auf weniger wichtige Dinge angewandt werden – wie zum Beispiel das Schwängern einer Frau.

Luther ging langsam zum Bücherregal hinüber. Er streckte die Hand nach seinem geliebten Sammelband von Martin Levins Kritiken aus, öffnete das Buch und überflog die Seiten gemächlich, bis sein Auge auf eine Passage exquisiter Prosa fiel, die ihm zu den Ereignissen der jüngsten Vergangenheit zu passen schien:

»Der männliche Zauber kommt hier wieder einmal zum Tragen: Mut, Opferbereitschaft, Gelassenheit, Unbestechlichkeit auch unter Druck, und eine Handvoll anderer Eigenschaften, die irrelevant sind – abgesehen dann, wenn sie gebraucht werden.«

Er machte das Buch zu, stellte es wieder ins Regal und ging zu seinem Schreibtisch zurück. Er hob sein Glas der Decke entgegen und sagte laut: »Wir können alle aus dieser Sache lernen. John? Martin? Verbrechen zahlt sich nicht aus.«

Er trank sein Glas aus und ging ins Schlafzimmer, wo Ida auf ihn wartete.

Jeanette Kay schlief schon, als Benny nach Hause kam. Er schaute zu ihr hinein und ging dann in die Küche, um sich ein Brot zu schmieren. Obwohl Jeanette Kay geschriebene Nachrichten verabscheute, hatte sie diesmal eine geschrieben, die mittels eines kleinen Magneten in Gänseblümchenform an der Kühlschranktür befestigt war. Benny nahm den Zettel und las:

»Lieber Benny, Nanny hat wieder angerufen. Sie sagte, dank Deiner Heldentat sei der Junge wieder zu Hause. Weck mich nicht auf – ich bin nicht in der Stimmung, einem Kerl um den Bart zu gehen, der den ganzen Tag nicht zu Hause ist. Deine Freundin Jeanette Kay.

Na, dann ist doch wenigstens *dieser* Teil in Ordnung, dachte Benny. Der Junge ist zurück, Gott sei Dank – und Ganooch muß sich nicht aufregen. Außer vielleicht über die zweiten fünf Riesen. Er mußte morgen früh versuchen, den Trottel zu finden – der lag bestimmt irgendwo auf einer Matratze und wälzte sich in dem Geld, von dem sechstausend Dollar immerhin Bennys Eigentum waren. Er mußte unbedingt mit dem Trottel reden. Er würde ihm geduldig erklären müssen, daß, obwohl der Junge wieder zu Hause war und alles geklappt hatte, »Verbrechen nicht an dem tatsächlichen Ergebnis, sondern an den schlechten Absichten der Menschen gemessen werden«.

Er machte sich sein Brot, aß es und ging voller Sorge ins Bett.

»Überraschung!« dröhnte Carmine Ganucci.

»Überraschung!« rief Stella. »Wir sind wieder da! Wir sind zu Hause! Wo ist Lewis?«

»In seinem Zimmer, Madam«, sagte Nanny.

»Oh, ich kann es gar nicht erwarten, ihn zu sehen!« jubelte Stella, nahm ihren Hut ab, warf ihn auf den Tisch in der Halle und lief zu Lewis' Zimmer, das im rückwärtigen Teil des Hauses lag.

»Hallo, Nanny«, sagte Ganucci.

»Hallo, Mr. Ganucci«, antwortete Nanny.

»Ich habe in Italien ein paar hübsche Bilder gemacht«, berichtete er.
»Wie schön.«
»Carmine!« rief Stella. »Komm deinen Sohn begrüßen!«
Ganucci ging den Flur hinunter zum Zimmer seines Sohnes. Stella saß auf dem Bett und umarmte den Jungen. Ganucci lächelte. Der Bengel sah zwar nicht aus wie Cary Grant, aber er wurde ihm von Tag zu Tag ähnlicher.
»Wie ist es dir ergangen, Lewis?« fragte er und fuhr mit den Fingern durch den Schopf des Jungen. Dann umarmte er ihn und küßte ihn auf beide Wangen.
»Prima, Papa«, strahlte Lewis, »aber ich habe meine Uhr verloren.«
»Macht nichts«, sagte Ganucci, »ich kaufe dir eine neue.«
»Ach ist das schön, wieder zu Hause zu sein! Weißt du, was ich jetzt tun möchte, Stella?«
»Was, Carmine?«
»Ein paar von den Bildern entwickeln, die ich in Italien gemacht habe.«
»Jetzt?«
»Ja, jetzt.« Er küßte seinen Sohn noch einmal, sagte: »Bis morgen früh, Lewis«, und verließ das Zimmer. Nanny wartete vor der Küche auf ihn. »Nanny«, sagte er, »ich will ein paar von den Bildern entwickeln, die ich in Italien gemacht habe.«
»Jetzt?« fragte Nanny.
»Ja, jetzt. Haben Sie Zeit, mir zu helfen?«
»Natürlich, Mr. Ganucci«, sagte sie.
Sie folgte ihm die mit Teppich belegten Stufen hinauf. Sie ging hinter ihm wie immer und dachte an die fünfzigtausend Dollar, die sie in ihrer untersten Kommodenschublade versteckt hatte – ebenso wie das Flugticket nach Neapel via Rom, das

sie ohne Schwierigkeiten gegen ein Ticket nach London eintauschen konnte, falls und wenn das Leben auf Many Maples ihr zu anstrengend werden sollte. Madame Hortense würde sich sogar freuen, sie wiederzusehen.

»Carmine!« rief Stella vom Fuß der Treppe. »Wirst du die ganze Nacht Filme entwickeln?«

»Nein, Liebste«, antwortete Ganucci, »nur ein oder zwei.«

Dann öffnete er die Tür und ließ Nanny galant den Vortritt in die Dunkelkammer.

18. Nanny

ENDE

Der Autor bedankt sich aufrichtig bei folgenden braven und ehrwürdigen Bürgern, die ihm für die verschiedenen Charaktere seines Romans Modell gestanden haben:

1. Richard A. Kenerson
(Graphiker)

2. Harry Melnick
(Pensionierter Geschäftsmann)

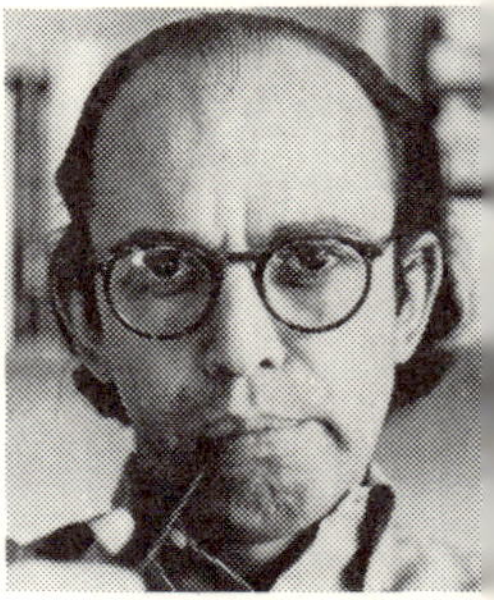

3. Samuel N. Antupit
(Verleger und Regisseur)

4. Richard und Mark Hunter
(Studenten der Harvard University)

5. Jack Farren
(Theater- und Filmproduzent)

6. Charles F. Lombino
(Pensionierter Postbote)

7. Robert Gage
(Regisseur)

8. Dr. Fred Holtzberg
(Chemiker)

9. Edward L. Lucci
(Vereidigter Buchprüfer)

10. Evan Hunter
(Schriftsteller)

11. Ted Hunter
(Student, Silvermine Art College)

12. Gene Federico
Chef eines Annoncen-Büros)

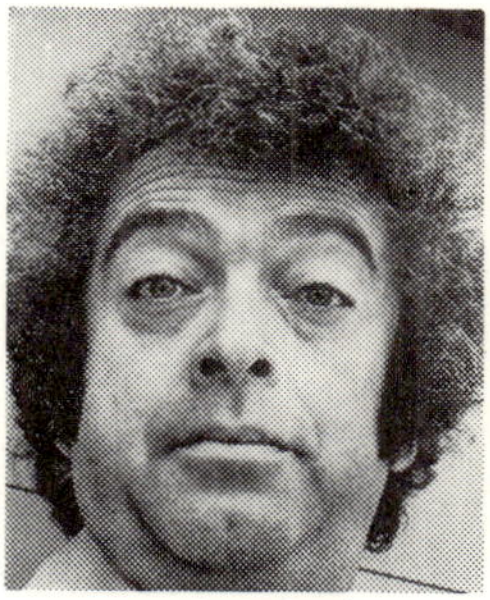

13. Jerry Bock
(Komponist)

14. Ingram Ash
(Repräsent. für Theaterwerbung)

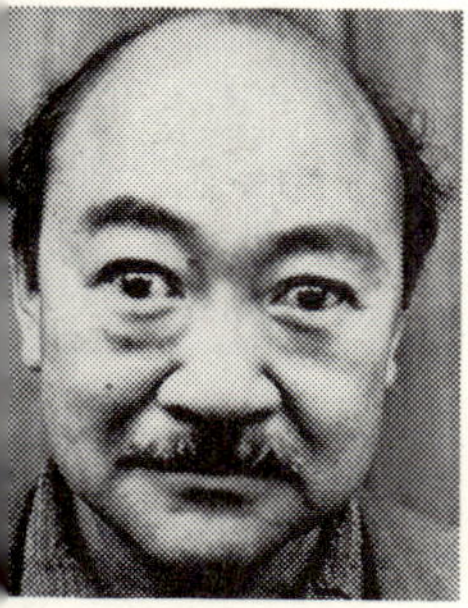

15. Kaneji Domoto
chitekt, Landschaftsarchitekt)

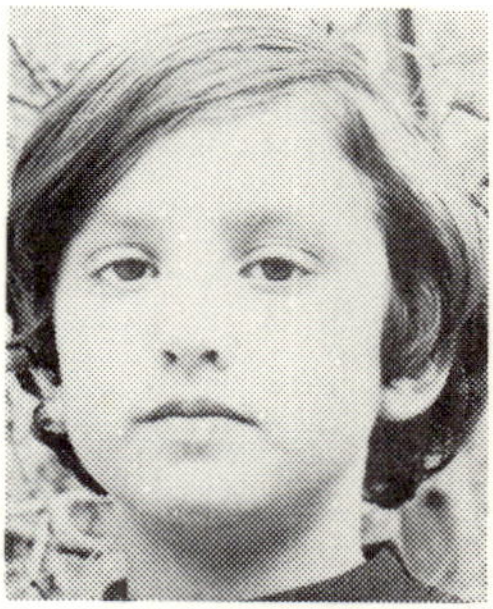

16. Stephen Antupit
(Fotograf und Bildhauer)

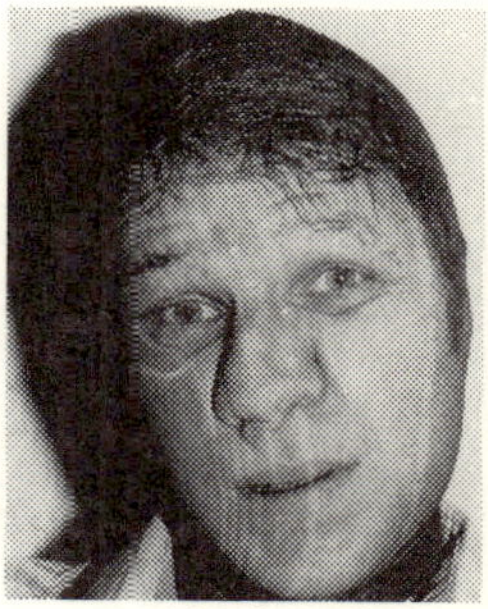

17. Richard Condon
(Lieutenant, New York P. D.)

18. Anita Ash
(Lehrerin)

Alle in diesem Buch abgebildeten Fotografien wurden vom Autor aufgenommen, abgesehen von dem Foto S. 126 (Der Trottel).

7-1-5-9-9